JN255162

首と腰の狭窄症手術体験記

脳神経外科の脊椎手術

柴田美智子

東京図書出版

はじめに

□体験記を書くにあたって

「柴田さん、手を動かしてみて、手を上げてみて」

ベッドのそばで言われる医師の言葉を聞いて、私は両手を握ったり、開いたり、そして手を上げた。

「助かった！　手が動く！　有難い！」

手術後、最初に思ったことはそれだった。

とにかく命があって、手が動く、まずはほっとした一瞬だ。

「首動かしてみて」

首を左右に少し動かした。

「動く！　よかった！　あれ、私は仰向けに寝ている」

意識を腰に向けてみた。

そして腰を少し動かしてみた。

「痛くない！　腰が楽！　よかった！」

劇的な腰の変化に喜びで胸がいっぱいになった。

首の狭窄症の手術だったのに腰が楽になって、しかも仰向けになって寝られていることに驚いた。

足をもごもご動かしてみた。

右側の足には重さが残っていたが、左足はとても軽く感じた。

手術の翌日、尿の管が取れた後は自分で歩いてトイレに行くことができた。

そして次に奇跡のような感動が起こった。

排便がとても楽！

こんなに気持ちよく、楽にできた排便は近年味わったことのない体験。

おぼつかないけれど、杖がなくても楽に歩けた。

首の手術で腰がこんなに楽になったのなら腰の手術はしないでもいいのではないかと思ってしまった。

夫は「覚悟してきたのだから、この際した方がいい」と言った。

腰の狭窄症もひどく進んでいたので、結局予定通り一週間後に手術を行った。

しかし、その時は首の手術の時のような変化はどこにも感じられなかった。

首と腰に強度の狭窄症があることが分かっても、手術をしないでなんとか治したいといろいろな治療を試みた私だが、とうとう二カ所とも手術をすることになった。

自然派の生き方を望む私には、いろいろな意味で手術には抵抗があった。しかし手術の選択はよかったと今は心から思う。

手術をしない方法での回復を目指していろいろな努力をしているとき、「手術をしないでここまで治った」という体験記が書けるようになりたいと思っていた。

ところが今、「手術でここまで治った」という体験記を書いてみようと思うようになったのは、手術体験情報を知ることがほとんどできなかったからだ。

「手術をしないで治った」「腰痛は自分で治せる」の類いの本や情報は巷にわんさとある。「手術の結果よくなかった」という話もなぜかいっぱい聞いた。

だから手術をすることを決意しても、なお、いつやめようか、失敗したらどうしようといった不安や恐怖は最後までぬぐえなかった。

時折「手術してよかった」という声が聞けたときは、勇気が湧いた。

「大丈夫だよ、頑張って！」と背中を押してもらえた気がした。

手術をしないで治るのならそれに越したことはない。しかしそれでは治らない状態も少なくない。手術を敬遠して治すチャンスを失うことも少なくないことを私は知った。「これ以上体が持たない」という症状の悪化と「大丈夫ですよ。治るよ」の医師の言葉と、そして「手術してよかったよ」という体験者の言葉が落ち込みがちな私の心に希望を与えた。

その言葉通り元気になった私の役割は、同じように痛みとしびれやこわばりで苦しんでいる人達によい選択ができる情報発信と、手術に対する不安の解消の役に立つことだと思うようになった。

そして何よりも私をこのように元気にして下さった岡山済生会脳神経外科・脊椎脊髄外科[※1]（以下、脊椎[※2]脊髄外科を省いて脳神経外科[※3]と記載）の先生方への御恩返し、我が身を削って手術に臨んでおられる脳神経外科の先生方のお役に立ちたいという気持ちが手術の体験記を書くことへと駆り立てた。

幸い、書くことや研究することが好きな私にとって、今回原稿をまとめることは手術後の大きな生き甲斐にもなった。書く喜びと誰かの役に立ちたいというダブルの喜びを感じるチャンスこそ最高の過ごし方だ。

私にはいろいろなジャンルでたくさんの仲間がいる。その仲間に先がけて、あろうことか貴重なこの体験を最初にすることになった。

「私が先に経験して、みんなにお知らせします」と手術前、笑って話していた。

自分の名前には意味がある、それぞれの使命をもっているという「命名言霊学」を学んで、自分の名前「みちこ」の持つ使命は「道をつける人」「新しい情報を最初に入れて皆に示す役割を持つ人」と知った。

なるほど、振り返れば確かに私はいつも道をつける人。私の周りの人達がまだ通らない新しい道をつける、大げさだけど開拓者のような人生であったと思う。この体験で「今度も名前のとおりだ」と苦笑しつつ、誇りにすら思えた。

□ありのままに体験を書く意味

これより私の脊椎狭窄症体験、手術体験を赤裸々に書こうと思う。

痛みや状況について詳しく書き過ぎと思われるかもしれない。しかし、体験者がありのままに書くことに意味があると思う。

「同病相憐れむ」という言葉があるが、人は同じ痛みを共有すると慰められることもある。不思議なもので「辛いのは私だけではないのだ」「私の方がまだましだ」「この痛みを分かってもらえた」と思えると慰めにも勇気づけにもなり得るようだ。共有できて初めて共感できることもある。

だから「あなたもそうなの」と思えた時、とてもほっとしたことが私には多々あった。それは弱さをもつ人間の慰め方のひとつとして許されるものではないだろうか。体験者だから語れるチマチマした愚痴や嘆きと思える報告は当事者を理解し、ケア、アドバイスする側のお役にも立てるのではないかと思うのである。

また、回復過程を軽く考えて「まだ治らない」「やっぱり私には合わない手術だった」「手術は失敗かもしれない」と、思うように治らぬことに失望している人、嘆き、苦しんでいる人もいるかもしれない。

その人達のために私は自分の姿を正直に書きたいと思う。治る過程は期待通りでも、スムーズでも、甘いものでもないかもしれないと。

しかし、そんな人も**やがては必ず改善することができるのだという勇気づけ、希望になればと思う。**

あるいは**状態によってはすべてが元に戻るとは限らないということも理解し、受け**

入れておく覚悟が必要であることもお知らせしたいと思う。

さらに、これ以上悪くさせないために、よい状態を長く維持するための付き合い方があることも知っておかなければならないとお伝えしたいと思う。

特に手術を迷う人にとって、この手記が正しい選択の参考になればと思う。

ただし、これは私の体験であって、他の人とは違うものであるかもしれない。

中には手術後それほど大変な思いをしない人もいるようだ。同じ病名の手術でも治る過程は人それぞれとか。痛めている場所、手術をした時期によって回復状態は違うと医師は言われていた。何よりも私は首と腰の二カ所にたくさんの故障があったのだから、他の人とは回復状態が違って当然だ。

また、いろいろな情報や説明は素人の私が知り得たもので、医学的に根拠のないものもあるかもしれない。体験記を書くためによく確認し、調べたつもりでも、私の思い違いや聞き違いがあるかもしれないことをまずお断りしたい。

さらに、同じ脳神経外科でも手術の仕方や考え方は病院や医師によってかなり違いがあるようだが、私はそれについてふれる立場にはない。自分がお世話になった医療の体験者としてのみ綴っていきたいと思う。

本書はあくまでも私が体験した話、私の身近で知り得た話、私の考えである。

□迷いを払拭して

本の出版が決まって、書いていた原稿の整理をしているうちにいろいろなことが気になって、私はまたインターネットで脊椎手術について脳神経外科について新たに調べ始めた。そして、さらに本もたくさん求めて読んだ。

私が最初に脳神経外科の脊椎・脊髄手術について調べた頃より随分情報が多くなっていたので、こんなにあったのかと驚いた。

考えてみると急にそれらが増えたのではなく、私が探せていなかっただけだと思う(適切な情報をインターネットで探すのも結構難しい!)。

これは患者にとって有難いことだと嬉しくなり、また不安になってきた。

私はとんでもない大それたことをしているのではないかと気おくれしてきた。

体験記とはいえ、首や腰の手術についての本を出すなんて大胆過ぎる!

それに手術に対して正しく理解ができる、分かりやすい本がいくつかあった。

それらを学べば学ぶほど面白いけど、頭は混乱してきた。いくらでも学ばなければならないことがあるのだ。つまり知らないことだらけ、とても私の頭では理解できないことだらけ。未熟過ぎる知識で本など出すべきではないのではないか、とも思った。しかし、それからまた考え直した。「患者としての体験だから意味があるのではないか、いろいろな問題提起として読んでもらってもいいし……患者だから気づくことがあるし、素人だから堂々と医療以外の話も付け加えられる」と。

本になる前の私の未完成な体験記を読んで喜んで下さった多くの方々の感謝と激励の言葉を思い出して、それなりに意義があると思い直した。

というわけで、医学的に詳しい内容は専門医の本やインターネットで検索してご覧いただきたい。また私の受けた医療についてはインターネット「岡山済生会総合病院脳神経外科」に詳しく掲載されている。

岡山済生会総合病院脳神経外科の手術数の多さは中国・四国地方で三番。岡山県下では一番だというデーターがあると聞いている。

※1　脊椎脊髄外科医――脊椎脊髄外科医は「日本脊髄外科学会」で研修を積み、学会が設けた基準に合格した脳神経外科医のこと。脊椎・脊髄手術をされる岡山済生会脳神経外科医は全員、日本脊髄外科学会認定医ということ。

整形外科は日本脊髄病学会の基準認定医ということらしく、それぞれ別の学会。

※2　脊椎とは背骨のこと、脊髄は神経のことを指す。

※3　脳神経外科とは脳（ブレイン）と脊髄（神経）と末梢神経を手術で治療できる専門診療科という意味。脳外科と脳神経外科は同じ。

◎文中での金《カネ》という記述はチタンのこと。チタンは軽く、強く、エンジンの部品から骨の代わりまで様々な分野で活躍する有難い金属で、ＭＲＩの機器の検査も可能。

◎文中に記載している言葉の詳しい説明は、紙面の都合で省略させていただいた。インターネットにはそれぞれ詳しく掲載されているので検索してご理解頂ければと思う。

お薦めの本

本としては文中に何回も紹介している金沢脳神経外科病院院長の佐藤秀次医師が書かれた**『腰椎手術はこわくない』**（秀和システム発行）を**特にお薦めしたい**。手術に関することも医者と患者の公平な目で忌憚なく書かれ、素人に大変分かりやすく説明されている。患者が拠り所にするには有難い一冊だと思う。

私は自分の手術後にこの本を手に入れ、佐藤医師のブログ「脊椎外科医の戦場」を拝読した。それらを拝読して手術に対する私の思いに自信と勇気を得ることができた。佐藤医師には一度もお会いしたことはないが、医療に対する熱意と患者を思う優しい人柄が文章から感じられ、有難く、嬉しく思った。

また、佐藤医師には私の受けた手術方法とは違うにもかかわらず、先生のそのご著書を私の体験記の参考資料、裏付けとして使わせていただく許可を快くご承諾頂いた。本当に有難いことである。心から深く感謝申し上げたい。

一般向けの脊椎手術に関する本は比較的少ないようだ。分かりやすい本としては『脊椎手術はもう怖くない！』（川岸利光　みずほ出版新社）、『首・肩・腕の痛みとしびれをとる本』（井須豊彦監修　講談社）等がある。

脳神経外科の脊椎手術

首と腰の狭窄症手術体験記

◇

目次

イラスト・あべまりあ

第一章　手術の成功とは

手術の成功を決めるもの
よい医療　手術の時期　リハビリ

手術の成功を決めるもの

手術の後に誰もが一番に気になるのが「果たして手術は本当に成功したのか」ということだ。そこで体験記の最初に、私が体験を通して考えた「手術を成功に導くこと」、「手術の成功とは」についてまとめてみた。

術後「(悪い所は)綺麗に取れました」という医師の報告にほっとするものの、患者の方は痛み等が取れ、今まで悪かったところが改善して初めて「成功」という確信、手術をしてよかったという安心が湧くように思う。

私も医師から「うまくいきましたよ」と言われたものの、時がたつにつれて「果たして?」という不安を感じることも時々あった。

手術後三カ月もたつと、まだ克服できない痛みやしびれ、こわばり、違和感に対して「手術は本当に成功したのかな、まだ悪い所があるのではないかな」という思いに駆られ、焦りにも似た不安を感じることがあった。

退院後に手に入れた本**『腰椎手術はこわくない』**の中で**「手術が成功したかどうかの自己判断には　麻酔から覚めたとき、痛みが取れていれば成功。腰や下肢をまっすぐ伸ばして仰向けに寝ることができれば成功」**とあった。それを読んで「ああそれなら私は大成功だ」と思った。

「脊椎関係の手術は、痛みは取れるが、しびれ等が治るのには時間がかかるし、完全に元の状態に戻るのは難しい。症状がゼロというのは難しい事」ということを私は回復中にいろいろな方から耳にした。

だから**完全に元に戻ることを成功の基準にしてはいけない**のではないかと思うようになった。そして、**手術が改善の終わりではなく、改善の始まり**かもしれないと思うようになった。

そこで「手術の成功」とは何かを考え、それを三カ条にまとめてみた。

①よい医療（医者・手術の方法）との出会い

②手術のタイミング

③回復はリハビリから始まる

①よい医療（医者・手術の方法）との出会い

「よい医者に出会いましたね」、日頃お世話になっている整体師の方が私の姿を見て言われた。どちらかというと手術の成功に懐疑的だったその方が「手術の仕方でこれほど違うものか」といたく感心された。何回も何回も感心された。

その方は体の痛みを訴え、施術する多くの患者さんと接した長年の体験でそう思ったのだ（その方はその後、私の受けた医師への受診を自分の患者に薦めている）。

そして**「よい医者に出会うこと、これはもう運ですな！」**と言われた。

今回私もよい治療、よい医者を求めてあちらこちらに行った。しかし、良いか悪いか素人的には判断しかねる。だからよい医者に出会うことは「運ですな」というのはもっともなことかもしれない。

「出会いは運」とは、脊椎関係だけでなくどの病気でもいえるかと思う。病気治療の判断や方法は医師によって違うことが少なくない。だからセカンドオピニオン、それ以上のアドバイザーも必要なことだと思う。

よい医療を求めて必死になるのは、患者にとって一つしかない大切な命、大切な体だから、当然のことだと私は思う。自分の体の責任は人ではなく、自分でとらなくてはいけないのだ。

私は脳神経外科の医師との出会いで救われたと思う。しかし脳神経外科の医師の見立ても、手術の仕方も、病院や医師によっていろいろあることがインターネットなどで調べてみると分かった。しかし、どの方法が自分にとってベストかは、素人が判断するのは難しいのではないかと思う。

「医者との相性もある」とよくいわれるが、それは「運」ということだろうか。

あちらこちらの病院を訪ねた知人は、最後はインターネットで徹底的に探して出会った医師に「この医師にお願いしよう」と直感で決めたそうだ。まさに「出会いの運」かもしれない。

「幸運の女神には前髪があって後ろ髪がない」という言葉がある。

教育者森信三氏の次の言葉を聞いた時、心に深くしみ入った。

「人間は一生のうち逢うべき人には必ず逢える。しかも一瞬早過ぎず、一瞬遅過ぎない時に。しかし内に求める心がなくば、眼前にその人ありといえども縁は生じず」

よい出会いのチャンスを逃さないように心して生きなければならないと思う。

ところで、脊椎関係の治療は「整形外科」としか思っていない人が多いと思う。

私の周りには誰一人として「脳神経外科」を思う人はいない。ある日、脳神経外科の医師に出会い、**「脊髄は脳の一種。脊髄は細かい神経がたくさんある場所。それは細かい脳の神経と血管を扱いなれた脳神経外科の得意とするところ。脳を手術する精巧な機器と細かい神経を知り尽くした脳神経外科ならではの安全にできる難易度の高い手術がある」**という言葉を聞くまで、私もまったく想像もしていなかったことだ。

しかし、日頃から脳に強く興味を持っていた私は「脊髄は脳の範囲」の説明がよく理解でき、非常に納得した。

欧米では六〜七割くらいの脊椎患者が脳神経外科で手術を受けているといわれるが、日本では脳神経外科の脊椎手術の認知度はまだまだ低いようだ。岡山県内で行われている病院の数もまだ少ないらしい。

もちろん整形外科の手術で治っている人はたくさんいることだし、非常に高度な腕を持つ整形外科医も多く、その活躍ぶりもよく知られている。

しかし、腰痛で困っている人の多い中、脳神経外科医の脊椎手術の情報は、腰痛患者の選択肢として必要なことだと思うのである。

②手術のタイミング ── 手術を受ける体の状態、手術の時期、手術を決意する時

「適切な時期に、適切な治療をしなければ治りにくい」

同じ医師による同じ手術でも人によって結果が違うのは、手術の仕方や医師が自分に合っていなかったのでも、相性が悪いのでもない。「手術を受ける患者の状態が違うからだ」ということが分かった。

「手術を勧める時期の判断は医者によって違う」と脳神経外科医が行う地域健康講座の勉強会で言われていた。

脊髄関係の手術判断は多くの場合「かなり悪くなって、歩けなくなったり、神経障害がでたら手術をしましょう」と言われると聞いている。

手術のリスクを考えて、良くなることよりも、それ以上悪くしないために、ぎりぎりまで待つのだということを言う人もいる。あるいは手術のリスクを避けるために積極的に手術は勧めないとも聞いている。

しかし脳神経外科では「あまり悪くなると治りが悪い」といわれているらしい。特に神経は痛めた期間が長いほど回復が難しいそうだ。だいたい三カ月薬を飲んで効か

なければ手術も考えた方がいいということを聞いたことがある。

「悪くなり過ぎると治らない、治りが悪い」ということを患者は理解しておかなくてはならないのだと思う。

よく聞く「手術を受けたけど、あまり治らなかった」というのはもしかして、医師の技量や手術の仕方の問題ではなく、時期が遅すぎたのかもしれない。

『腰椎手術はこわくない』の著者佐藤秀次医師はその本の中で**「手術時期が遅すぎると神経障害が残ることがある。神経が自力回復できる力を失ってしまったら神経機能障害が起こり、後遺障害となる。普通に歩いているように見えても、筋力低下が明らかに存在して、筋委縮が進んでいる患者も少なくない。十年間保存療法※を続けた挙句、手術は手遅れと言われた患者がいる。手術のタイミングが重要」**と述べておられる。

この**説明は非常に重要**で、手術をするかどうかに悩んでいる人はしっかり心に受け止めなければ、後に手術をしたとしても満足がいかなくて、不満や後悔を感じることが多くなるのではないか、と私は危惧している。

手術は受けないと決意していた私、癌も手術で取らない治療法を選びたいと思っていた自然主義の私にとって、適切な時に手術をした方がよいということは大きなカルチャーショックだった。

もちろん、手術を勧めるどの医師も保存療法を否定しているわけではない。しかし、誤解や偏見によって手術を先延ばしにして、治るものも治らなくするのはやはり考えものといわれるが、その通りだと思う。

手術は誰しも怖いもの、避けたいもの。しかし、病気は早期発見、早期治療といわれる。とことん悪くなるまで先に延ばすより、適切な時に手術を決断するのも必要な事らしい。それは命に別状がない疾患でも同じことだと思う。

そのためにはやはり情報。最近は、インターネットで探せばよい情報が得られる幸せな時代だともいえよう。

私の尊敬する政治評論家（かなり高齢者）の近著に「狭窄症で歩けない、車椅子生活をしている」とその方の様子が書いてあった。

その部分を読んで「高い知名度を持ち、情報にあふれる大都会に住んでいても、今や高齢者の狭窄症の手術は恐れるようなものではないことの情報が届かないのか」と驚いた。そしてなんとかお元気になってまた活躍して頂きたいとの思いで、早々にホームページに脳神経外科の手術についての情報を送らせていただいた。その後その情報について秘書の方から感謝のメールを頂いた。

ところで、私の手術の時期はどうだったかと振り返ると……。

少なくとも手術の二年前、かなり悪化しかけた時期に手術を受けるべきだったかと思うが、その時は脳神経外科医との出会いなど夢にも思わぬことだったので、私はとても決断ができなかった。すでに回復力を失っているのかもしれないと思う手足の辛い部分を見ると、手術がもう一年早ければと悔やまれることがある。

悪くなったことが分かった当時、最悪のことを考え、岡山市の有名な病院で診察を受けた。そして手術について尋ねた。しかし「あなたが手術で治るなら、廊下で待っている人はみんな治ります」という返答。

六時間待ちの私になんとつれない言葉だろうと思ったが、「六時間も診察をし続けている医師はこんな患者ばかり診ているといい加減くたびれてくるでしょう。あの言葉も無理からぬことか」とかえってその医師に同情した。

つまり手術はもっともっと悪くなった人がするものだということだろう。後でその医師から「神経障害、排泄障害が出てきたらまた受診を勧めてください」と、紹介状を書いて送って頂いた私のホームドクターに返信があった。

手術を決断させるよい医療との出会いもその人の「運と縁」かもしれない。「チャンスの神様は後ろ髪がない」といわれるように、今回「そうだ」と思った瞬間にチャンスの神様に飛びついたことがせめてよかったと思う。

※保存療法とは手術をしない方法。

下の図で私はまさにある時期より谷底に落ちるように悪化の一途をたどっていたと分かった。どの地点で手術を受けるのが適切か、私が聞いた話ではAの地点が最も治りやすいらしい。私はB、いやすでにCに近かったのかもしれない。

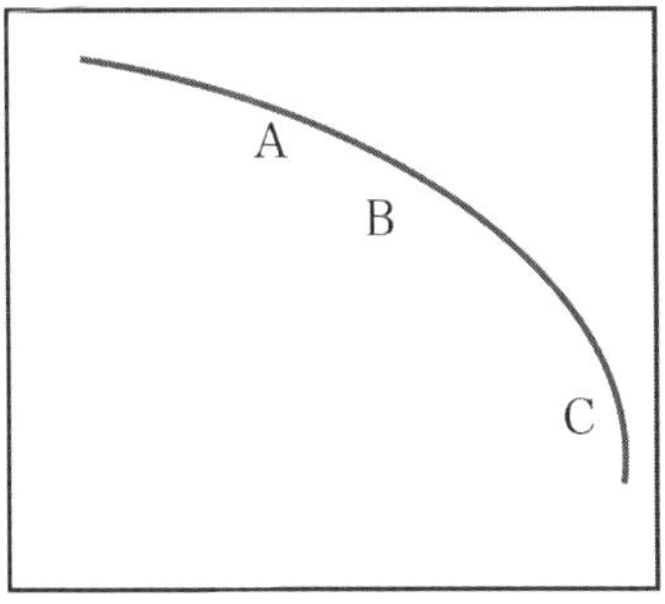

狭窄症の進行線

脳神経外科の地域健康講座で学んだ図。

③回復はリハビリから始まる　――リハビリ・養生・運動・時間

　今回、リハビリがどれだけ大切か、身をもってよく理解できた。脳神経外科の医師からも、その後リハビリ入院した整形外科の医師からも「リハビリしなさい」「運動しなさい」「動きなさい」とよく言われた。

「手術した後は筋肉が弱っているから運動が大切。運動は続けること。どんなによい運動方法も続けなければだめです。健康を維持していくのには死ぬまで運動することです」

　医師の「死ぬまで運動」という言葉が可笑しかった私は医師に言った。

「それって年寄りはみんなそうではないですか」

「まあそうですね。あなたくらいの年になると筋肉が弱るから運動して、筋肉強化しなければならないのです」

　手術が成功して悪い所が改善されても、一度痛めた体を回復させるためにはかなり時間がかかるようだ。

　長年の脊椎疾患及びそれによる不自然な体の使い方で足腰の神経や筋肉は随分痛ん

でいる。

このことは意外とあまり重要視されないどころか、認識されていないのではないかと今回私はいろいろな患者の様子から強く思った。

さらに、手術で治った場所をいつまでもよい状態に維持させるには、それを支えている筋肉、体全体の筋肉を上手に鍛えていかなければならないのだ。

いわゆる筋トレやストレッチ等の運動だが、強く、激しく、力強くではなく、ゆっくりとした方法で筋肉を鍛えていくことが大切だと分かった。

「リハビリは大切よ。しっかりリハビリした方がいい」と事故で手を骨折した知人から言われた。彼女は骨が完全につくまで固定した後に、リハビリを受けた。彼女はリハビリの必要性を医師からでなく保険屋さんから教えられたという。

骨折した部分がついていても、手は日常よく使える状態に戻さなければ治ったとはいえない。筋肉が固まってしまってから歪みや使いにくさに気づいて改善しようとしても難しい。やはり治療した最初の流れでリハビリをした方がいいということを教えてくれた（回復途中の、一息してからのリハビリでは遅いのだ）。

小指の骨折後、リハビリを早く終えたいばかりに「よく使えるようになりました」

と多少誤魔化してリハビリを止め、結局指がきれいに伸びないと嘆く人もいた。

反対に十分リハビリをしてすっかり完治した人もいた。

私の回復途上にもいろいろな箇所が痛くなって、不安がいっぱいだった。しかし、関係者からリハビリして筋肉を鍛えるしか回復の道はないと言われて、気長にリハビリを受け、運動を続けているうちにやがて楽になってきた。

またある人は腰椎狭窄症の手術の失敗で神経を痛め、とても歩きにくい体になってしまったが、リハビリをしているうちに改善してきたということだ。

ひどいすべり症で三回も手術をした人のその後の回復もリハビリしかないと言われたそうだ。そしてリハビリをしているうちに履けなかったスリッパが履けるようになったという。杖を利用して歩けるようになるのに五カ月ほどのリハビリ生活を要したようだ。つまり手術だけで機能回復ができるわけではなく、リハビリの訓練で機能が回復してくる驚くべき事実に出会った。

二十代でヘルニアの手術をしたという人に出会った。内視鏡だったらしいが、やはり術後は一カ月のリハビリ入院をしたと言われた。

一週間の動けない生活で筋肉ががたんと落ちてしまったということだが、年は関係ないものと理解した。若くても年を取っていても、リハビリは大切なのだ。筋肉が衰えている高齢者はなおさらリハビリが必要なのだ。

だから、「手術の成功を決めるものはリハビリ」と言えるのではないかと思う。

　脳溢血手術後の機能回復にもリハビリの力は随分大きいと言われる。現代はどんな病気でも回復のためのリハビリが重要視されている話はよく聞いている。

　たかがリハビリ、されどリハビリ、リハビリの驚くべき威力を感じている。

　さらに、本文中にもう少し詳しく書きたいが、「回復のためのリハビリ、痛めたところを大切に使う適切なケア、回復するための時間、筋肉の調節のための治療、強化のための運動」その流れが本当に大切だと言いたい。

　神経や筋肉は命に関わらないだけに軽く考えられがちであるが、一度悪くしたものを回復するのには大変時間がかかることを理解した方がよい。

「腰は手術をしても元には戻らない。治りが悪い」という巷の声は、手術の良し悪しだけに注目されて、手術を受けた時期の問題と回復のためのリハビリや運動の必要性に気づいていないのではないかと思う。リハビリとその後の運動は手術と同じくらい重要な事だと思う。

さて、これから進める体験記の記述は、第一段階で手術との出会いと手術体験。次の第二段階で回復過程体験。そして第三段階の健康な体づくりで気づいた大切な事を過去、現在、未来、大きく三つの視点でまとめた。

なお、この原稿は手術後四カ月目から書き始め、回復の様子、変化等をその都度書き加えたものである。手術後二年余りの間には途中予期せぬハプニングも数々あったので修正も加えて、あれこれいじくる羽目になった。

そのため、回復時期、内容が前後して理解しにくいところがあるかもしれないことを御許しいただきたい。

第二章　運命の出会い

脳神経外科医との出会い

①地域健康講座に参加

私が狭窄症で困っていることを知っている知人が一枚の案内の紙をくれた。

「せぼねからの手足のしびれ痛み・腰痛セミナー　脳神経外科が治すせぼねの病気」

というチラシだ。

「私は手術しないと決めているから医者の説明はもういいや」と一度はチラシを伏せた。そのチラシに知人のメモがあった。

「脳神経外科の先生は暇だからよく研究しているよ」

「いくらなんでも暇だからということはないでしょう」と苦笑してチラシを丁寧に読んでみた。そのインパクトの強い、失礼な一筆が実は医者を敬遠していた私の興味を駆り立てたかもしれない。

（脳神経外科と脊椎の関係はそれほど一般には知られていないということだ）

さらに、「腰痛が整形外科ではなく、なんで脳神経外科なんだろう、情報はなんでも大切だ。せっかくだから行ってみよう！」と思い直した。

それが私の人生を変えた岡山済生会脳神経外科医との運命的な出会いだった。

平成二十六年七月十三日の日曜日、岡山県北の山間の小さな町、勝央町の福祉センターでの地域健康講座。開催時間までにはすでにたくさんの人が会場に集まっていた。つまりは腰痛で困っている人が多いということ、私もその一人だ。

それは脳神経外科の先生方のボランティアによる地域医療に貢献する健康講座というもので、岡山済生会総合病院や倉敷リハビリテーション病院等からたくさんの医療関係者が来られていた。

この講座の正式名は「ニューロスパイナルセミナー・地域健康講座」、腰痛などで困っている、あまり情報が届かない僻地のお年寄りによい情報を知ってもらうために、県内外を月に一度まわっているということだった。平成二十三年に始まっていて、その時はもう三十回近くの開催だった（平成二十九年五月現在は五十七回開催）。

腰痛や手足のしびれの原因などを生理学的に説明された後、高齢者でも受けられる負担の少ない、体に優しい**カギ穴手術の方法**があることを説明された。

最初に長崎医大から来られた先生が頸椎手術の説明。失敗例は一例もありませんときっぱり言われ、頼もしく感じた。

「なんと素晴らしい手術法があることだろう。もし私が手術を受けるとしたらこれだな」とすぐに思った。

何よりも感動したのは、地域住民の健康促進のために、貴重な日曜日に県南の岡山市からわざわざ県北の地域まで出向いて講義されている若い医師達の至誠あふれる姿。その熱意情熱には本当に頭が下がった。

「腰と首の脊髄は脳の仲間。一般に首や腰の手術は整形外科となっていますが、脊髄は脳の一種なので脳神経外科で扱えるのです。欧米の脳神経外科では六割から七割が脊柱の手術を行っているのです」

「私達は日頃からこまかい神経や血管がたくさんある脳を扱いつけています。脳を手術する精密な器具で、脳を扱う技術で、細心の注意を払いながら脊髄の手術をします。しかも私達が実施しているカギ穴手術は患者さんの体の負担をできるだけ少なくした**低侵襲の手術**です」という説明に「すごい」と目から鱗だった。

しかし、一度聞いただけでは十分理解できない。それにあまりに素晴らしい話なので、本当かなとちょっと懐疑心も湧いた。

それでも「なんかよさそう。ともかく体に負担の少ないカギ穴手術というものが私に適しているかどうか、実際に診断していただきたい」と心が動いた。

当日は相談会も設けられていた。

「今日は相談者が多いので、後日病院に行きたいのです。どうしたらいいですか」と尋ねた医師、これがその後の主治医となる医師との最初の出会いとなった。

「予約が多いからなかなか取れない。内科医でいいから、かかりつけの病院から紹介状をもらって申し込みをされた方がいい」と告げられた。

帰ってからインターネットで「済生会脳神経外科」「脳神経外科の脊柱手術」等を検索してみた。

全国の脳神経外科で脊髄手術をする情報がたくさん出ていたので、あらためて今までそんな情報に触れたことのない事に驚いた。

どちらかというと手術をしないで治す方法ばかり探していた私は「脊椎の手術もこんなにある」といろいろなことを初めて知ることになった。

「これから先、私の腰もどんなことがあるか分からない、動けなくなって病院探しをしたのでは間に合わない、今は手術をする気はないけど、とにかく受診してみよう」といつもお世話になっている内科医に早々に予約を取ってもらった。一カ月後の八月十八日に予約が取れた。

②岡山済生会総合病院脳神経外科受診

第一回の受診八月十八日。

最初に岡山療護センターへ首と腰のＭＲＩの映像を撮りに行った。

岡山療護センターは大元駅の近くの閑静な住宅地にある。あまり人の出入りの少ない静かな病院で何かなと思っていると説明が書いてあった。そこは交通事故などで脳に損傷を負った意識がない患者さんが入院する特別な病院だった。

そこには中国・四国地方に一台しかないという大変精巧なＭＲＩの機器があることが掲示板の新聞記事に掲載されていた。すごい機器なのだと驚いた。そのＭＲＩで、二時間もかかって私は腰と首の写真を撮った。

なにしろ上を向いて寝ることができない私にはこの仰向けで動けない状態がもう苦痛。痛くないようにいろいろと工夫はしてもらったが、撮影のために微動だにしないでいることは大変なこと。技師は何回もやり直しをされたらしい。

ついに途中で休憩が入った。検査技師さんには大変お手数をかけた次第だ。

その後済生会病院に帰って数枚のレントゲンを撮った。

「たくさん撮るのですね」と言うと、「いろいろな角度で撮ります」と言われ、それだけでもなんだか信頼できそうな気がした。

待合室で長い間待って、やっと受診することができた。

今日撮った画像と私の持参した一年前の画像を見ながら、担当医は「もう手術をした方がいいね」と言われた。

「ただし、手術ができるのは半年先の三月ですけどね。首も腰も両方した方がいい。あなたは体力があるから両方しよう」

「先生、私、筋トレしたり、歩いたりしています」

「よくなってからしたらいいよ」と言われたのには少し参った気がした。

「手術ってどのくらいの入院が必要ですか」

「首に一週間、腰で一週間入院。その後リハビリ病院で二カ月リハビリをします」

「え～ほぼ三カ月ですか！　そんなに長く家は空けられないです。高齢の母もいますし、孫も生まれますし……」

そういえば、七年ほど前、最初の病院で腰椎狭窄症と診断されたとき、手術を勧められたが、その時も「三カ月ほどの入院です」と言われ、「とてもそんなに入院していられない」と思ったものだ（リハビリ入院期間は状態によって違う）。

ああ……やっぱりそれくらいかかるんだ、と事の重大性、逃れられない事実を思い知った。腰の手術ってどこでもやはり大変なんだ、気楽に考えてはいけないんだ！

心がとても重かった。

手術の返事はしないまま次の受診日がひと月後に決まった。

家に帰って夫に今日の事を話した。もともと手術を勧めていた夫は大賛成。

「でも私の長期入院中、高齢の母に何かあったら……」

「じゃあ、お母さんが生きているうちは手術ができないということか……」

高齢の親がいると長期の外国旅行はできなくなるという話が思い出された。若い時にはできない、やっとできるようになると親の介護、夫の看護、それを終えると自分の体力低下で行けなくなるという人生のストーリーは現実だ。

③手術の予約

手術をすることを迷いながら、九月十八日、ひと月後の二回目の受診。

そこでCTの画像も撮った。そして決定した。いや決定させられたのだ。

「三月十七日首の手術、一週間後の二十四日に腰の手術をしましょう」

「ああ、もう逃げられないのか……。そうだな、いろいろ試したけど改善しないし、まあまだ半年あるから、とりあえず予約しておこうか」と思い、「はい」と返事をした。

「三月が手術なら、私があれだけ楽しみにしている四月の新入社員の能力開発研修の講師はできなくなったけど仕方ないな」

「手術をするなら四月に」と思っていたのに、なぜか「いや、四月にして下さい」とは言えなかった。

後から思うに、それが結果的によかった。半年後にはとても四月まで持たない腰の状態になっていて、私の体は三月が限界だったと思う。

それにもう一つ我が家では四月に大変なことが起こった。私の手術が終わって、回復リハビリに転院する日、弟が緊急に津山から岡山大学病院に転院することになった。岡山と津山、私と入れ替わりの入院だ。膵臓癌だった。

私の方は手術も成功し、もう回復を待つだけだったが、弟はこれから先の見えない治療に取り組むことになった。あのとき「四月にして下さい」と言わなくてよかったと今更ながら思う。「虫の知らせ」ということだったかも。

「ベストタイミング」という言葉があるが、私の手術はまさに「ベストタイミング」だった。

「インターネットで脳神経外科の手術の記事を読みました。でも脳神経外科で手術してよかったという情報が載っていないのですが」と医師に伝えると、

「あんたはパソコンするのかね」

「はいします。ブログも書いています」

「それはすごい。インターネットに情報を載せてこの手術を広めて。手術を受ける人は年寄りが多いから、インターネットしないんでね」

「はい、手術が成功したら書きます。いっぱい書きます。本にします」

～なんて調子のよい話。楽しい会話もできた。

先生は忙しくてインターネットにいろいろな情報を書き込む暇はないのだと医師の姿に改めて思った（廊下にはいつもたくさんの患者が待っていた）。

いつでも断れると思いつつも、済生会の脳神経外科で手術をすることにだんだんと気持ちが固まり始めた。あんなに親切に対応して下さる先生を裏切れないとも思った

（医師は患者には誰にでも親切で優しい）。

やがて九十歳になる母に言った。「お母さん、私手術する。もう決めたから」

「そうか」

夏の暑さが堪えて、いつ駄目になるか分からない状態の九十歳の母は一言も反論しなかった。そして、言った。

「お母さんにどんなことがあっても手術をやめてはいけないよ。たとえ葬式になっても帰らなくていいからね」

もともと手術には反対の母だった。母も膝が変形して手術を勧められたが、結局S接骨院のシップ治療で治した。

変形した膝はどうしようもなかったが、丸太棒のように腫れたこともある膝でもその治療が合っていたのか、その後痛みや腫れが起こることはなかった。

その時、「手術をしていたらもう手は出せない」と接骨院の先生に言われ、母は「手術をしないでよかった」と思っていた。

その母が「どんなことがあっても手術はやめてはいけない」と言うのだから私の姿がよほど哀れに思えたのだろう。

以来、母は手術までに体力をつけておかなくてはと、免疫力を高める健康食品をいろいろと買って持ってきてくれた。時には「面倒だな」と思うこともあったが、親だからこその有難い行為に感謝した。

④手術の覚悟

しかし、それでも「手術をしないで治す」という方法を諦めきれずに、手術が決まったその後もいろいろな治療や薬、健康グッズを探していた。

手術をするにしても、しないにしても、いずれにしても筋肉を衰えさせてはいけないとウォーキングや筋トレもしていた。

「あなたは柱が壊れているのだから、壁を強くしないといけない」とウォーキングや筋トレを勧められて、以来一年以上頑張っていた。しかしだんだんと腰の状態は悪くなり、体の辛さが増えてきた。

三回目の受診、十二月五日に行ったとき「無理はしないように」と言われ、頑張る気持ちが少し萎えてきた。

その冬は寒かったこともあって、以来ウォーキングをやめた。前年の冬は夜でも頑張って、ライトを照らしながら家の周りをウォーキングしていた。

私は二本のノルディックポールを使ってウォーキング。ポールがあったから歩けた。とても杖なしでは歩けない状態だった。

リハビリについて医師に尋ねた。

二カ月のリハビリ期間は私にはちょっと辛かったので、

「リハビリしなくて退院した人がいるのですが」

「あなたは一カ月ほど回復リハビリを受けてゆっくり治した方がいい」

リハビリ期間が「二カ月」から「一カ月」になったのでちょっと元気が出た。

リハビリは倉敷のリハビリテーション病院で、と言われていたが、「津山にもリハビリ病院があります。家の前です。津山にしてください」と頼んでみた。

「そこは回復期リハビリをしていますか」

「多分そうでしょう。他の病院から回されて来ています」

「回復リハビリでないといけないよ」

「そうだと思います。いいという評判です」ということで、長期間の県南での入院は回避できた。それだけでも本当に有難いことだった。

私は家庭の主婦、県北の津山から県南の病院はあまりに遠過ぎる。年寄りや小さな子どもがいる家族の手を煩わせることはできない。家庭の主婦が長期入院するということは大変なことだとあらためて思った。

暮れのある日、徳島の方で手術を受けた方に出会った。私が知る唯一の腰椎狭窄症の手術成功を喜んでいた人だった。インターネットで探して、やっと見つけた医者だと聞いた。徳島市の田岡病院の名医で、最初にその医師と話したとき、絶対ここだと思って決めたそうだ。

とてもよくなって一週間の入院後すぐに退院していた。手術をして一年半以上、大変調子がよくて自転車にも乗り、ウォーキングも一時間半以上していて快調だと言われた。

手術の仕方は違っても、こうして手術を受けて元気に歩いている人がいることを目の当たりにして、私の背中がポンと押された気持ちで嬉しかった。

⑤手術の説明

二月九日に四回目の受診、もう一度ＭＲＩとレントゲンを撮り、脊髄の様子を確認。そして手術について詳しい説明を受けた。

手術は先に首、一週間後に腰と告げられていた。

「先生、腰がもうもたないかもしれません。腰から手術して下さい」と頼んだ。

「様子をみます」と言われたが、脳に近い所から手術するのが原則だそうだ。腰は体の左から、首は右前方から手術をすることになった。

「手術の次の日には歩いてもらいます。歩けるようになります」

「できるだけ歩いてください。リハビリをして体を動かしてください」

と何回も言われた。このことが本当に重要だということが後でよく分かった。

手術はして終わりではなく、それが回復の始まりだということだ。

三月の手術の前に造影剤を入れて首のＣＴ検査をすることを告げられた。

造影剤を入れての検査は首の血管の位置をよく調べるためだということ。

(造影剤を入れてのＣＴ検査は普通の検査より血管の様子が鮮明に出てよく分かる)

「首の血管の位置によっては手術できないことがありますか」

「いいえ、血管をよけてしまいますから大丈夫ですよ」

かくして、ついに手術の日を迎えることになった！

手術までの脳神経外科への受診は五回。一人に長い診察時間を要し、二、三時間待ちは当たり前。おかげで待つということにすっかり慣れてしまった。

手術日の前日にお墓参りをし、遺言をパソコンに打ち込んだ（遺言など大げさかもしれないが、一応書いた）。

※岡山済生会脳神経外科では脳の手術は三、四割。六、七割の手術が脊椎手術になっていると聞いている。そして一般的に脳の手術は年々少しずつ減少しているそうだ。それは脳梗塞の原因になる高血圧予防の知識が広まったことや、医療の劇的な進歩で手術を受けなくても治療できるようになったからだと聞いた。

首と腰の手術体験記

第三章　脊椎狭窄症手術

(一) 頸椎狭窄症手術

① 首の手術の決意、手術まで

首の手術は確かに怖かった！　といっても私は寝ている間に終わった手術。怖かったというのは手術を受けるまでのことだ。

「首の手術をよくされましたね」という声をよく聞いた。当然、私もしたくはなかった。知り合いの内科の医師から「首はやめておきなさい」と言われた。

実は私は首が痛くて困っていたわけではなかったのだ。首に関しては手術の必要性の自覚症状はまったくなかった。だから迷いが大きかった。

手のしびれというかこわばりが右手の中指から始まり、やがて人差し指、親指、手の平へと広がり、それが気になって手の名医といわれる医師の診察を受けた。

手根管症候群※で手術をしてよくなった方の話を聞き、受診した。

しかし私の場合はどうやらそれではなく、ＭＲＩで調べた結果、首に狭窄症があることが分かった。

その時医師は「この首はいつか手術しなくてはいけないだろうね」と言われた。「いつかとはいつですか」と尋ねると「悪くなりきらないうちに」とのことだった。「首の手術など怖いです」と言うと、「岡大（岡山大学病院）では毎日しているよ」と簡単に言われた。

「いつか」という言葉が不安と共に脳裏に刻まれた。しかしそれ以外に首が気になることはなかったが、手のこわばりのような症状はさらに進んでいた。

指や手の平に蠟を塗り込んだ感じが強くなった。一年後に左手にも少し症状が出た。気にしなければあまり困らないのだが、気持ちがよいことではない。

時々非常に強いこわばりを感じて滅入ることもあった。洗い物、料理等手を使うことの多い家事にも使いにくさを感じた。ボタンが留めにくい、ネックレスが外せない、財布の中の硬貨がつまみにくいなどの症状に不便さも感じていた。

それは高齢者には誰にでもよくある現象のようだが、私の症状はそれ以上の悪さだった。つまり九十歳の母の手先よりおぼつかなかったのだ。

岡山済生会総合病院で改めて念入りに検査をした後、医師から「首も腰も手術した方がいい。首も腰もこの際一緒にしましょう」と言われたとき、もうそんな時期になったのかと驚いた。

　インターネットで脳神経外科の首の手術について調べてみた。やはり気になったのは手術によるリスク。

　リスクのことも掲載されていたので、次の受診で医師に尋ねると「大丈夫です。失敗はないよ」と、とても楽天的な回答。

　あまりに気軽に答えられたので、断ることもできなかった。

　そういえば、地域健康講座で初めて脳神経外科医の脊椎手術の話を聞いた時、長崎から来られていた医師が「失敗は一度もない」と言われていたことを思い出した。

「三月十七日首の手術。一週間先に腰の手術」と予約表に書きこまれた。

　仕方ないかな。まだ時間はある。無理やり背中をポンと押された感じだが、とりあえず承諾した。

　この時「どうしますか」と言われたら「はい」とは言えなかったかもしれない。

　医師の「手術しましょう」という言葉があったから、それでも決断できた話。今ではあの時の医師の後押しに大変感謝している。

「手のこわばりはあるけど、腕とかどこも痛くないんです。神経は首から手にポンと飛ぶんですか。それなのに手術をすると手のこわばりもよくなるのですか」

「首と手のしびれは関係しているよ」

首と手は放送局からの発信と我が家のテレビの受信のような関係かと思った。

「よくなると思うよ」

「今回手術をしなかったらどうなりますか」

「悪くなると治りが悪いからあまり延ばさない方がいい」

医師は私のちまちました質問にもやさしく答えて下さった。

「悪くなりきらないうちにした方がよい」と言われた最初に受診した整形外科医の言葉を思い出した。

「首が先ですか」

「はい、脳に近い所からするのが手術の原則です」

そうか！　でも、仮に治ったとしても手術をしてどのくらいよい状態が続くのかも知りたい。

「(首も腰も) 手術してどのくらい効果が持ちますか」

「ずーっと、持つよ」

「ずーっと」というのはどのくらいだろうか、私が生きている間？　一生？

今は六十七歳、少なくとも十年くらいは生きるだろうから、最低でも十年くらいは持つということかな。それ以上生きていても持つかな？　再手術が必要ですと言われる時期が来ないのだろうか、と心の中でいろいろな疑問が湧き起こったが、それ以上は言えなかった。

それから実際に首の手術をしたという人の情報が知りたいと思ったが、ほとんど入ってこなかった。まして脳神経外科の手術体験者にはまったく会えなかった。

整形外科で首の手術を受けたという二人の人の情報をもらった。いずれも首に固定の金具が入っているようで、首の動きや衝撃には気をつけるように言われているそうだ（手術前には二人とも歩けなかったそうだ）。

固定しているので首をあまり反らしてはいけないらしい。また衝撃は危険だから山登りは禁止だということ。

首は絶対に反らさないという誓約書を書いて手術を受けた人もいたと聞いた。

「手術後は首を反らすことができないのですか、行動に制限がありますか。首や腰の整体をうけてひねってもいいですか」

「治れば何をしてもいいよ。制限はないですよ」

「何をしてもいいなんて、すごいですね」

脳神経外科では固定のための金具は入れない、わずかな切開のカギ穴手術ができて、手術後がとても楽だということの説明を以前の地域健康講座で聞いていた。

私は腰も首もそういう方法で手術を受けた人にまったく出会っていない。

ところがその後、手術しないでも済む方法をもとめて「腰痛は自分で治せる」という神戸市でのセミナーに参加した時、偶然「首の手術をした」という人に会った。

大津の病院の脳神経外科の医師の手術を受けて八年目、調子はいいよと言われた。

今回は腰が悪くて参加されていたが、私のように手術しない方法を模索されていたのかもしれない。その方の言葉で少なくとも十年くらいは大丈夫かなと思った。

詳しい話は聞けなかったが、初めて脳神経外科で手術を受けた人に出会い、なんだかほっとした。

三月の手術が近づいての二月の受診時、首の手術について詳しく説明された。

私は当然後ろからするものと思っていてちょっと楽観していたのだが、「前からします。首の皺のところを横に切ります」と告げられ、もうショックだ。

「うそだ！」と言いたい気分。死刑判決を受けたような気分だった。

首の手術には前からと後ろからの手術があるとは聞いていたが、私が前からするなんて！　その場にへたり込みたいほど驚いた。

「前からなんて怖いです。首にはたくさんの血管と神経があるでしょ」

「大丈夫。それらを避けてちゃんとできるから」

「なぜ後ろからではいけないのですか」

「後ろは筋肉が多いので肩こりが強くなるからね」

肩こりの辛さと前からの手術の危険性とはどうだろうと一瞬天秤にかけた。心の中を葛藤の嵐が渦巻いたが、私の症状の場合は前からの方が最小の手術で悪い所が綺麗に取れるということだったので、もうどうしようもないと思った。

「首の前を六㎝ほど横に切り、そこから頸椎にカギ穴をあけて手術します。頸椎の骨（椎体）を少し削ります。骨は再生するから大丈夫です。神経を圧迫している後縦靭帯を取り除きます」

「靭帯を取り除くのですか。靭帯がなくてもいいのですか」

「年寄りはなくてもいいんです。大丈夫です」

「以前、脹脛にある細い靭帯を切ったときは立てませんでした。取り除いたらどうして頭を支えるのですか。そんなのでも大丈夫なんですか」

「大丈夫です。ちゃんと首も腰も支えられます」

「……」

「手がしびれるようになってどのくらいになりますか」

「二年くらいです」

「時間が経っていると治りが悪いからね」

私は待合室で待っているたくさんの人の診察時間が気になりながらも、何回も納得いくように医者にいろいろと尋ねた。

とても一回では十分理解できなかった。

「半年前の検査と今回の検査で首の症状はどうですか。進んでいますか」

「四番と五番のところの狭窄症が進んでいるね」

私の頭はガーン！

「半年の間に狭窄症が進んでいるなんて……もう手の打ちようがない。覚悟するしかない」

「悪くなると治りが悪い」「半年の間に進んでいる」という言葉に覚悟するしかないんだと、大きな失望のため息をついた。

そして、私の質問に丁寧に答えて下さる先生に命を預けようと思った。

首の痛みはないけど、だんだんと体のしんどさ、肩で息をしたり、何か頭が重いような……そんなしんどさがここ半年で増えていたので、やはり首は相当悪いのかと思わざるを得なかった。

首の手術について改めていろいろとインターネットで調べてみた。すると首の手術がいかに重要な事かがよく分かるように書いてある掲載文に出会った。

首が悪いために転倒して骨折したり、寝たきりになる人が少なくない、首が悪いのを放置してはいけない、侮ってはいけないということがよく理解でき、改めて覚悟を決めた。

覚悟は決めたが、それでもリスクが心配。先生は「大丈夫です」と言われるが、人間のすることに百％の安全ということはない。

「失敗して手が動かなくなったらどうしよう。足が動かないのも辛いけど、手が使えないのはもっと辛い」と悪い方に考えてしまうこともあった。

「でも先生を信頼しよう、自分の運命にかけてみよう」と何度も思い直した。夫には「手術で何かあっても訴えなくてもいいから」と言った。

医師に命も人生も預ける決意だった。大げさなようだが、首の手術に関しては実際にそんな重い覚悟を私はしたのだ。

退院のかなり後で首に関する詳しい本を読んで勉強してみて驚いた。腰のことばかり思い煩っていたが、私にとっては首の方が問題だったのではないかということだ。

※手根管症候群

手首から先だけがしびれる。特徴として、手首を叩くと指にしびれが響く。親指から薬指にかけてのしびれや痛み。腕にはしびれはない。夜中、明け方にしびれが強くなり目が覚める。薬指の半分だけがしびれる。非常に簡単な手術でよくなる。

②頸椎のカギ穴手術

私の頸椎手術は十時間かかった。手術室から部屋に迎えに来られたのが朝八時半。調理室かと思うほどの無機質な感じの手術室に入り、狭い手術台の上に上がってベッドに横になったとき、まさに「俎板の鯉」だと思った。頭が動かないように、テープで固定して、全身麻酔、その後の事はまったく覚えていない。

「柴田さん終わりましたよ」という声で気づいた。「ああ終わったのだ」と思った。

部屋に帰ったのは夕方の六時半。まさに十時間の大仕事。手術の場所は小さいが、実は大きな手術だったのだと思った。

手術の説明書には「遅い午後までかかる」と書いてあったが、確かに遅い午後。予想より随分時間がかかった手術で、家で待っていた家族もヤキモキしていたようだ。

しかし医師によるとそれは普通だということらしい。それ以上長い時間がかかる手術はざら。私の知人は十四時間かかっているし、十七時間の人もいる。

後で執刀医に私の執刀時間はどのくらいかを尋ねると、七時間かなと言われた。

「手術中、先生方は食事しないのですか」と手術室の様子を病棟の看護師さんに尋ねてみると、「看護師は交代で食べることもあるけど、医師はぶっ続けでされるようですよ」。

「えーーーー」。トイレにもいけない、食事もしない、人間の仕事ではないように思えて、気の毒に思った（少しは休憩することもあると担当医は言われていた）。

外科医は大変な仕事だということを聞いているが、本当にそうなんだと思った。後日、担当医が「働きすぎて神経痛になった」と言われていたが、確かにあれでは働き過ぎだ、お気の毒にと思った。

「先生お体大事にして下さいよ」と身内のように案じた。

手術直後、部屋に医師が来られて「綺麗に取れました。随分硬かったですよ」と夫に写真を見せて説明しているのが聞こえた。

何が硬かったのか、後で聞くと「靭帯です」と言われた。靭帯は肥大化したり、骨化したりして神経を圧迫するが、硬かったという私の靭帯は肥厚化して硬くなっていたのだ。

硬くなった私の靭帯を顕微鏡で見ながら、全神経を集中させて少しずつ少しずつ切り取って、切り取ったものを小さな傷口から首の外に出していく緻密な作業、それで時間がかかったのかなと想像した。なんと有難いことか……。

前にも書いた通り、首の手術後、腰が楽になったのがすぐに分かった。あれほど寝るのが辛かったのに、仰向けで眠れていた。

術後はそのまま朝までゆっくりと眠った。翌日から尿の管が取れると歩いてトイレに行く許可が出て、トイレに行った。排便が楽になったのにも感動した。

首の手術をしても首を固定したりはしない。ただ安全のために一週間ほど頸部カラーをつけて動くように言われた。横になる時は外しても良いのだ。

首は自由に動かせた。でも怖いので恐る恐る動かしていた。

カラーは一週間後には外していいと言われた。なるべく自分で首を支える方がいいらしい。そこでだんだんとカラーをつける回数を減らした。

手術の三日後にシャワーの許可がでた。傷口を濡らしてもいいと言われ驚いた。なんと医療は発達しているのだろう。抜糸もなく、自然に取れるというのだ。

包帯もしていなくて、切った後が丸見えの透明なバンソウコウのようなものを貼っているだけだった。

私自身は怖いのでしっかり見ることはできなかったが、大きく切っている傷跡がよく見えていたらしい（今では首の手術の傷跡はほとんど分からない）。

頭も洗ってもらってさっぱり、とても首の大手術をしたように思えなかった。

リハビリもすぐに始まり、一日一時間ほどリハビリ室に通った。

その他は暇なので私はずーっと本を読んでいた。地元から離れた遠方の病院に入院したため、見舞客もほとんどなかったので集中して本が読めた。

当分首を下げ続けないようにと言われていたので、仰向けになって、顔の前で本を持って読んでいた。ベッドの柵が手の支えになって便利だった。

幸いに今度の手術のひと月前、白内障の手術を受けていたので、字はとてもよく見え、疲れることなく本がよく読めた。

竹田恒泰氏の『古事記解説』の十六本のＤＶＤも集中して何回もみることができた。大手術であったにもかかわらず、首の術後も腰の術後も気分よく勉強に勤しむことができたのは不思議だ。とても有難い非現実的なひと時だった。

できるだけリハビリするようにと言われていたので、洗濯も雑用もなるたけ自分でして、思い出しては廊下を何回も往復して歩いた。

首の手術をする人は少ないかと思ったら、腰と同じくらい首の手術をしているそうだ。首が悪い人は意外と多いようだ。

肝心の手のこわばりは首の術後もまったく変わりなかった。しびれやこわばりの回復はかなり時間がかかるといわれている。痛みのようにすーっとは消えないらしい。

手術後ひと月たっても少しも改善しない手のこわばりに落ち込んでいた時、看護師さんが「私も首の手術しているのよ。手のしびれは一年から一年半くらいで無くなったから、大丈夫よ」とそっと教えてくれた。

彼女はしびれでペンが持てないほどだったそうだ。でもこれくらい大丈夫だと思っていたら、医師から大丈夫じゃない、絶対手術しなきゃいけないと言われたそうだ。「便も出口に来ているのに出にくくてね」という言葉にとても親近感と現実味を感じて、励まされた。

仮に手が元に戻らなくても、今よりよくなればよいし、少なくとも今より悪くならなければよしとしよう、と思ったりした。足腰がこんなに楽になったのだから……。手の回復がないことに落ち込む時、そんなことを思って自分を慰めた。

㈡ 腰椎狭窄症手術

①腰の手術

首の手術に比べたら、腰の手術は何の心配もなかった。

「手術は怖いからもう少し様子をみます」と言っている人が多い。以前の私もそうだったから気持ちはよく分かる。

しかし、最近の腰痛手術では失敗して車椅子になる人は皆無といえるほど、医療技術も医療機器も随分進歩しているという。

以前は確かにそういう人もいたが、今はそこまでの失敗はないと言われている。

しかし、内視鏡の腰痛手術の失敗で切開手術になったという人に会ったから、まったくの失敗はないとは言えない。やはり経験豊かな医師を選ぶことは重要だ。

内視鏡手術も体への負担が少なく、比較的簡単な手術らしいが、それだけにかなり熟練した腕でないと危険だとも言われている。

なお、内視鏡手術と顕微鏡手術は機器の精密さがかなり違うようだ（手術用顕微鏡の値段は内視鏡の値段の十倍くらい高いそうだ）。

『腰椎手術はこわくない』での**「熟練した脊椎外科医なら手術で症状を悪くするリスクは限りなくゼロに近い状況にあります。手術用顕微鏡を用いて可能な限り、筋肉を傷めず、骨を削るのも最小限であるため、体への負担も少なくなっています。……腰椎変性疾患は治らない病気、一生付き合っていかなければならない病気ではありませ**

ん。早く根本から治して、痛みのない活動的な人生を取り戻しましょう」との記述には体験者として大変共感している。

あんなに手術をいやがっていた私も辛い思いで何年も過ごすより、早く楽に、元気になって過ごした方がいいと、今は思っている。術後の回復が進んでくるほどにその思いはさらに強くなっていた。

手術前の痛さ、辛さが嘘だったように思えるほど元気になった自分の姿に感激することしばしば。私に人生を取り戻してくださった地域健康講座と脳神経外科医との出会いにいつも感謝している。

自由に楽に動けるようになった幸せを噛みしめ、喜びでいっぱいの私は歓喜の大声を上げたい気持ちになるのだった。

だからこそ「腰椎手術は怖くない」と言ってあげたい！

そもそも私の腰椎のトラブルはかなりひどいものだった。

手術の六年前に分かった腰椎狭窄症。二年前改めて行ったＭＲＩ検査の結果、りっぱな狭窄が二カ所になっていた。以前は一カ所でもう一カ所がなりかけているという診断だったから、六年間で進んでいたのだ。

さらに、「ヘルニア二カ所、つぶれ、すべり症もあります」と言われ、愕然とした。どうしてこんなに悪化したのか、何が悪かったのか、信じられない思いだった。気分が滅入った。首に腰に……脊柱管はめちゃめちゃだ、さすがの私も本当に落ち込んだ。不治の病の宣告を受けたようだった。帰って寝込んだ。

その一年後、脳神経外科の受診で手術をすることになった時、狭窄症以外は「心配しなくていい」という担当医の言葉に少し安心した。

仙骨の部分の違和感、痛み、足に伸びる坐骨神経痛の痛み、それは腰痛五番と仙骨の間のつぶれに関係しているのではないかと私は思っていたが、それらの痛みは狭窄症で神経が圧迫されているところから来ているということだ。

「すべり症もこのままでも大丈夫です」という診断。すべり症はとても怖いと思っていたのに本当に大丈夫なのかなと、少々疑心暗鬼だった。

「あなたの背骨はとても綺麗で、しっかりしているから今回スベリまでさわらなくてもいいですよ」と写真で説明して下さった。

今はよくても、いつか手を付けるときが来るのかなという不安もあったが、「手術は簡単な方がいいし……」と医者の言葉をとにかく信頼することにした。

すべり症の手術は大変だ。済生会の脳神経外科ではこの手術も体に優しい低侵襲手術をしている。横腹から特殊な機器を挿入し、ケージを入れて固定する手術方法で、背中側の神経や筋肉を傷つけず、回復が早いということ。しかし、やはり簡単ではない。すべり症は非常に大がかりな手術になるらしい。

ところが、心やすい整体師の方から「スベリを持っていても長年不都合なく暮らしている人は多い。あるからといってみんな悪さをしているわけではない、私の患者さんも若い時からあったけど、おとなしくしている」と言われ安心した。

多少の故障があっても不都合なく使えて、故障や病と仲良くできていればよいのかもしれない。

人間の体は使うほどに衰え、壊れてくる。年を取るとどこも「故障なし！」というわけにはいかないようだ。

嬉しい発見があった。以前診断されていた私のヘルニア。

今回の担当医師の見立てではヘルニアではないということ。ヘルニアは誤診されることもあるそうだ。私の病名が一つでも減るのは嬉しい限りだ。

画像の見立ては医師によって隋分違うことがあるようだ。専門医で何回も診てもらっても腰の痛みの原因がどうしても分からなかったが、私の主治医の診断によりすぐに狭窄症と分かり、手術してすっかり完治したと話していた人がいた。

②腰椎のカギ穴手術

さて、頸椎狭窄症手術から一週間後に腰椎狭窄症手術。

朝八時半に手術室に入り、部屋に帰ったのは夕方五時半、九時間かかった。

手術の予定を見るとやはり「朝八時から遅い午後」とあった。

時間がかかったのはやはり靭帯が硬かったのかなと思った。小さな穴から不要な骨や靭帯を取り出す作業、首同様に大変だ。

今回の私の腰の手術は左側からの手術。手術時は左側の方が悪かったので、左側を選ばれた。左足の親指にまったく力が入らなかったのだ。

しかしもともと痛みは右側の方から始まっていたので、私は左側からの手術に少し後悔があった。右側からの方がよかったのではないかと。しかしどちらから行っても結果は同じことだと言われた。

それにしても低侵襲手術というのは患者には有難いけど、手術をする医者は大変だとつくづく思った。

済生会の脊椎の手術は特に長時間を必要とするのかもしれないと他の病院の低侵襲手術の方法を読んで、そう思った。

それだけ手術の安全性と効果、手術後の生活を考えて、丁寧に、慎重に、行う必要があるのかもしれないと有難く思った。

医者や関係者だって短く、簡単に済むにこしたことはないだろう。患者の体優先の医師の仕事には感謝の言葉しかない。本当に有難いといつも心から思う。

退院する前日の夜、主治医が訪ねてきてくださった。夜九時半頃だった。

「今日は遅いのですね」

「先ほど二人目の手術が終わったところでね」

なんということだろう！　そんなお疲れのところ……と、私は心から感激した。

部屋に出入りされている看護師と話した。

「脳神経外科の先生達の手術は大変ですね。お体大丈夫かしら」

「先生達の体は心配ですね」と看護師もやはり心配していた。

入院している時、夜中に何台もの救急車が入る音が聞こえた。医者の仕事は本当に大変だと心から思った。「医は仁術」でなければやれないことだ。

医者に限らず、自分の生活も命も犠牲にして働いてくださる人がいるおかげで、私達は安心安全、快適な暮らしができることをよくよく認識しないといけないと思う。「働くとは傍《はた》を楽にする」つまり人の幸せの役に立つことが働くことという。まさにその通りだと思う。

腰の手術の後は痛みもしんどさもまったくなかった。腰痛手術後、ベッドはさらに柔らかくなっていた。腰のところに汚血を取り除く小さな管のドレンが留められていたので、仰向けになるのが少しだけ窮屈だったけど、それでもその夜はしっかり休み、翌日尿の管が取れて動くことができた。

すでに首の手術の後、早々に腰の痛みはなかったので、腰の手術の後もなんら変わらず楽に動けた。そして、一日二回リハビリ室に通った。

首の時は安全のためにカラーを一週間ほどつけたが、腰の時はコルセットのことは何も言われなかった。コルセットはつけないで済むならつけない方が背筋や腹筋にはよいということだ。

足や手の違和感は相変わらずだった。足の裏にゴミが張り付いている感じも手術後もなんら変わらずであった。

それが私には期待外れで、残念に思えたが、「痛めた神経は時間がかかるから焦らないで、ゆっくり治しましょう」というアドバイスをいろいろな方からもらった。

「もし首の手術をしなかったら、腰はこんなに楽にならなかったのだろうか」と思い、担当医に尋ねた。

「それは分からないね。でも、柴田さんの腰の状態はかなり悪かったから腰も手術してよかったよ」と言われた。

「二つもするの。大変ね」と病院の看護師から言われた。

手術後がとても楽だったので自分ではそう思えなかったが、やはり大変な手術を受けたのだ。他者から指摘されて、やっと大手術だったのだという実感が湧いてくるほど呑気でいられたのは、やはり低侵襲のカギ穴手術のおかげかもしれない。

(その二年後に受けたアキレス腱手術後の方がよほど痛くて辛かった)

「ああ助かったのだ」と何回も感無量の思いになった。

何もかも終わった、後はリハビリだけだと心から本当に安堵したものだ。

(三) 首と腰のカギ穴手術についての説明

私の手術は頸椎も腰椎もカギ穴手術という方法。これは岡山済生会脳神経外科の医師達が特に頸椎に関しては、考案者のフランスのジョルジュ医師から直接学んで、さらに研究して実践している最新の方法だそうだ。カギ穴の名称は鍵の穴の形。

カギ穴手術はできるだけ体を傷つける部分を少なくして、手術による体の負担を少なくする、手術の回復を早くする、術後の生活がしやすいことを考慮して考えだされた患者に優しい手術。それを低侵襲手術という（あるいは最小侵襲手術）。

一般的な脊椎手術は椎体や椎間板をかなり除去して、その安定のために移植骨や金属（チタン）を挿入する固定手術だそうだ。そのリスクは隣接部位の再狭窄、代替骨による脊椎損傷、可動性の制限があるらしい。

しかし、カギ穴手術は、正常な椎体の三分の二以上を温存する。金属や骨移植などの固定はしない。術後の体が楽で、当日または翌日から自分で歩行できる。首も固定しないで自由に動ける。一週間ほどで退院できるということだ。

「広く切って深いところは狭くなる手術がほとんどだと思うが、小さく切って奥に進むと広い手術視野を確保できる、それがカギ穴手術の極意」と言われる。

私の頸椎手術は三カ所の狭窄症のために首の右側前を首の皺に沿って横に六㎝ほど切開して、椎体に四㎜くらいのカギ穴をあけ、四番から七番までの後縦靭帯と椎体の一部を取った。

腰椎手術は左の腰椎三番あたりを横に三㎝ほど切って、硬く肥大した黄色靭帯と椎弓の一部と二カ所の狭窄している靭帯を取っている。

岡山済生会の脳神経外科の腰の手術はうつ伏せ寝ではなく、横向きになって受けるようになっている。これは長時間うつ伏せになることで起こる弊害を防ぐためであり、手術医の方も楽な体勢でできることにメリットがあるという。これも体に優しい方法として考案されたものである。

なお、岡山済生会脳神経外科ではカギ穴手術と呼んでいるが、他の病院の脳神経外科では別の名称になっているところもあるらしい。

またそれぞれの医師が独自に研究された最善の方法で手術を行っている。同じ脳神経外科でもいろいろな選択肢があるのは有難いことではないかと思う。

第四章

私の狭窄症履歴

原因の追究

さて、首に腰、私はどうしてこれだけ脊椎に故障を持ったかが不思議でならない。その原因を探ってみたいと狭窄症経歴を書いてみた。

①腰の痛みを追って

十年ほど前、六十歳前頃のことだったたか、右足の付け根あたりにたびたび痛みを感じたことがあった。

車の運転で右足をよく使うからかな、それとも十年くらい前の五十歳の頃、穴に落ちた時に痛めたのがそもそもの原因だったのかなと思った。

側溝の蓋の外れていた所に片足だけがドスンと落ちたのだ。突然、全体重が右足にかかり、右足首のひどい捻挫。それはたいへんな痛みで、右足はつま先すらまったく地につくことができなかった。あの時は足首の捻挫に気を取られていたけど、股関節も痛めていたのかもしれないと思ったりした。

その後も続く右股関節の痛み、右鼠蹊部の激痛に夜中に目覚めて唸ることもあった。激痛でまったく歩けない時すらあった（初めて歩けなくなった時には本当に驚いた）。

受診した整形外科ではＭＲＩ検査で腰椎三番、四番が狭窄症になっている、もう一カ所もできかけていると診断されたと記憶している。

そこでは手術をする必要があると、手術のできる病院を紹介された。しかし、紹介された病院では手術はまったく勧められなかった。ブロック注射を勧められたが、痛み止め注射の繰り返しではたまらないとやめた。

同じような狭窄症の状態の知人に聞いても、手術は勧められていないと言う。確かな治療法がなく、せいぜい温泉や整体に行くだけという人が多かった。

以前から狭窄症で困っていた叔父に様子を聞くと、手術をしても完全によくなっている人がいないから手術はしない、ということだった。

叔父は二十年ほど狭窄症と格闘している。痛み止めの注射を受け、だましだまし暮らしているということ。いろいろと治療も試みていたようだが、これというほどの効果がないらしい、それでもプールで歩いたりしていた（なんと不思議なことに、その後胆石の手術をしてこの痛みは消えたという）。

誰に聞いても「狭窄症は治らない」ということだったが、鼠蹊部の激痛に苦しむ私はなんとかしなきゃと人知れず評判の治療院を訪ねた。すぐに効果はでないだろうからしばらく続けてみようと辛抱強く通った。三カ月後には痛みが少なくなり、これは効果があったのかなと思った。

最初は腰ではなく、右鼠蹊部のあたりに痛みが走るという症状だった。聞けば多くの方が同じように右足の鼠蹊部あたりに痛みを感じているようだ。さらに仙骨のあたりにジクジクとした鈍い痛みのようなものも感じていたのだった。

やがて数年後、いわゆる坐骨神経痛のような痛みを仙骨から足に感じるようになった。特に両足の大腿骨の側面の出っ張った部分にきつい痛みが走るのだった。

さまざまな整体や鍼治療にも行ったが、効果はなかった。枇杷葉の温灸を知り、それを自分でしているうちに痛みはなくなり、これは枇杷温灸の効果があったと喜んで、安心していた。

しかし、半年後、今度は痛みで夜眠れない日が始まった。上を向いても痛く、横を向いても痛くて眠れない。つまり自分の体重が腰や大腿骨にかかるとそこが痛くて眠れないのだ。そこで柔らかい布団に変え、いろいろと工夫したが、その辛さは次第に強くなって日常化した。まさに夜の眠りが怖いという状態だった。

毎月通う美容院の洗髪や、たびたび行く歯の治療の姿勢には困った。何しろリクライニングの椅子に仰向けに座ると腰全体にビーンと激痛が走るのだった。

そのうち、右手のしびれが始まった。しびれというよりこわばり、強い違和感。一カ月でその範囲は中指から人差し指、親指と広がった。そこで専門医を受診。頸椎の狭窄症が原因と分かった。腰の狭窄症も進んでいた。

その後、腰の手術で有名な病院にも診察を受けに行ったが、まだ手術の必要はないと言われた。

その頃からどんどん症状が悪化していき、足にしびれや麻痺のような症状が出始めて、支えがなくては歩くのが困難になってきた。

足の裏にゴミが張り付いている感覚が始まり、不快で気持ちがイライラしてきた。腰を動かすのが辛くなり、寝返りさえ難しい状態になった。

しかし、支えがあれば歩けるので、手術の一年前までキャスターのついた旅行鞄を支えにして旅行に出かけていた。

高齢の母が行きたがっていた会津若松、島根県のサンドミュージアム、東京のスカイツリー、靖国神社等の遠方でも、ほとんど母の付き添いで行くことができた。

年老いた母のために悔いのないことをしたいと思っていたから少々のことは我慢し

たのだが、もちろん私もおかげで楽しめた。現地で知人のお世話になりながらではあったが、楽しい旅行ができた。

座ることは大丈夫だったので、自分が車を運転して旅行もできた。そのようにして痛みをこらえながら、歩きにくさもカバーしながら過ごせていた。

弟夫婦は腰の悪い姉と目と足の不自由な母親がどうやって旅行しているのだろうかと案じていたらしい。

大きな旅行鞄とノルディックポールを杖にして旅行している老婦人二人の珍道中の姿はいかに？　まさに「旅の恥はかき捨て」かも。

②治療院巡り

インターネットや本で狭窄症によいという治療院を探して遠くても治療を受けに行った。治りたい一心で治療院巡りを行ったのだ。本もたくさん読んで調べた。

「狭窄症は手術しないでも治る」という類いの本や情報に振り回されていた。

筋トレをして筋肉を強化することが大切だと知って、筋トレのジムに行った。

筋トレのジムに通っている時、帰りには腰が「くの字」になってこわばってしまい、杖を頼りにしなければ歩けない状態になった。体操をしに来ていてどうしてこんなになるのだろうと不思議だった。

そこでは「反らしの運動」がないことに気づいた。ほとんど前屈姿勢の運動だったから、ジムの帰りには普通には歩けなくなっていた。「うーん」と言いながら腰を伸ばしてやっと歩けたという状態だった。

狭窄症は反らしをすると痛みが強くなるからよくない、と一般にはいわれているが、反らしをしなければ腰が前かがみのままになって、さらに動かしにくくなるので時々腰を反らして伸ばしていた。これを間欠跛行《かんけつはこう》（間歇性跛行）というらしい。

私の腰はどうしたらよいか、もうなんだか分からない状態になっていた。

ある時、自分の足に合わせたインソールを入れた靴を履くのがよいと聞いた。足に合わせたインソールを作ってくれるという整骨院があると聞き訪ねた。そこで歩きやすい靴を選んでインソールを入れてもらい、歩き方の指導を受けた。

「狭窄症そのものを治すことはできない。柱が壊れているから壁を強くするしかない。歩いて壁を強くしなさい」と言われた。

幸いノルディックポールを買っていたので、それを利用して歩く練習をした。

その整体師から「狭窄症の痛みが取れ、治ったかと思ってMRIを撮ったが、狭窄症は治っていなかった。痛みが取れても狭窄症そのものは治らないからね」と言われた。どんなに治療しても狭窄症が完治することはないのかとがっかりしたものだった。

③生きるのが辛いと思えた日々

恐ろしいもので、一度どんどん悪くなると筋肉はどっと衰えてしまっていた。だから益々歩きにくく、見るからに「腰の悪い人」の姿になってしまった。数カ月前に出会ったばかりの人が「どうしたの」と驚くほど悪化していた。

夫が神戸の病院で手術してよくなった人の情報（簡単だったということ）を教えてくれたのだが、私には手術なんかとても考えられなかった。しかし、この時手術を受けていれば術後の回復は簡単だったかもしれない。

足はしびれ、鼠蹊部は時々激痛、臀部全体が痛み、ますます症状は悪化していった。それでも歩くしかないとノルディックポールを使って家の周りを歩いていた。

初めは十分歩くのがやっとで、家に帰ってこの腰をどのように下ろしたらよいか分からないくらいの辛さがあった。腰の痛みとこわばりに唸りながら、大息をつきながら状態を緩和させた。

夫は「そんなことをしてまでも歩かなければいけないのか」と同情してくれたが、「歩きなさい、筋トレをしなくてはいけない」という指導者の言葉を信じて頑張った。歩き続けていると、それでもだんだんと長い距離を歩けるようになった。

途中で何回も腰を反らしながら、二十分くらい家の周りを歩いた。

そして整骨院で習った筋トレを家の中で一日三セット行った。「柱が壊れているのだから壁を強くするしかない」の言葉で自分を叱咤激励して毎日頑張った。

「手術はしない方がいい」

「手術しても治るかどうか五分五分で、元には戻らない」

「手術をしても数年はよかったけど……それからの痛みは治まらない」という声を聞くばかり、整体などの治療に通い、筋トレをして壁を強くするしかないと、自分でも哀れに思うほどの涙ぐましい努力の日々だった。

体が辛くて立っていられない時もあった。それでも自分の仕事はこなさなくてはならない。やるべき仕事、責任のある仕事があったから救われたのかもしれないと思っている。辛いと止まったら、もう動けなくなってしまう気がした。

腰の辛さとは腰全体のバリバリとしたこわばりと鼠蹊部、座骨、大腿骨の痛み、仙骨部分のじくじくとした痛み。寝る時の痛み、睡眠中の痛みと様々だった。

夕方になると耐えられなくて横になって腰を休めなければ動けない状態。痛みで眠れなくて、筋肉緩和剤のデパスを飲むようになり、そのうち睡眠導入剤と緩和剤の二つを飲まなければ、途中痛みで目が覚めて痛みとの格闘で眠れないという日々が続いた。痛み止めの薬はまったく効かなかった。

このように頑張って過ごしていたが、「いつまでこんな状態で生きていくのだろう」と生きるのが辛いと思う日々もあった。

病を抱えて生きている人はこんな気持ちなのかなと、体の痛みに苦しむ人に心から共感できた。時には鬱になりそうなこともあった。

よいと言われた治療院を訪ね、苦労努力をしつつも悪化して一年後、ついに私の腰を治すことができた奇跡の出会いを得たのだ。

神様からの贈り物としか思えない出会い、それが先に述べた岡山済生会の脳神経外科の医師だった。

手術を決めたものの迷っている私に「頼むから手術をしてくれ。それで動けなくなったら面倒見るから」と夫が言った。肩で大きな息をしながら家事をしている私の姿にたまらなくなったようだ。それほどひどかったのだ。

④腰椎狭窄症の本当の原因とは？

さて、私がなぜこんなに悪くなったか、いろいろと考えてみたが、結論は今でも出ていない。医者もはっきりと言われなかった。誰も正解は持たないようだ。

側弯症や狭窄症の人と私達はどうしてこうなったか一緒に考えてみたが、まったく分からないのだ。私達が他の人に比べてそれほど腰に悪い生活をしているようには思えないと話したことがある。

私は昔から体はよく鍛えていたし、腰が痛くなったことはまったくないのだ。

ぎっくり腰にすらなったことはない。長時間の畑仕事や特別な重労働をしているわけでもない。四人の子どもはおんぶで育てたが、それが原因とも思えない。

そもそも自分はいつも姿勢がよいと信じていた。その根拠は学生時代から長い間剣道をしていた体験から、姿勢がよいので腰は悪くならないと自負していた。狭窄症というのは年を取ると誰でも起こり得るそうだが、それにしても私の狭窄症はひどいものだった。

私の周りにはこれほど悪い人はいない。何故私だけが、と何回も思った。

脊柱管の狭さという生来持つ体質が一因ともいわれているが、数多い親族のうち、一人の叔父が狭窄症になっているだけだから家系とも遺伝とも言えない。

足の故障は昔からよくあった。十九歳の時アキレス腱切断、五十歳の時のひどい捻挫、六十歳の時のふくらはぎの靭帯切断、その他諸々……実に多い。

足の故障は体の歪みを引き起こすというが、これほど足を故障していれば、それが根本的な腰椎の故障とかかわっているのかもしれない。

ある整体師から「赤ちゃんの時亜脱臼だったかもしれない」と言われたことがあった。子どもの時からよく転ぶ子だった。

中学生の時、お風呂の洗い場ですべって転んで、尾骶骨をひどく打ち付けたことがあった。息が止まるほどの痛みだった。そんなことが二回もあった。それも後々の体の歪みに影響したかなと考えてみた。

高校生の頃、足腰のだるさに困ったこともあった。仙骨の内側にむず痒さが走り、辛い日々を過ごしたことがあったが、いつの間にか治っていた。

しかし、その後も長時間立ち続けることは苦痛だった。長時間立ち続けているバスガイドさんを見て、よく立ち続けられるものだと不思議に思ったものだ。

運動のために通っていたフラダンスも途中で必ず座り込んだ。足がだるくなって立っていられないときがあったが、そんな人は他には見かけなかった。

このような故障の積み重ねが今回の原因になったのかもしれないと考えた。

⑤頚椎狭窄症の原因とは？

腰はもちろん、首が悪くなる原因すら見当がつかない。ただ四十代の時は肩こりがひどく、首の回転は悪かった。

「後ろから名前を呼ばれたとき首で振り向きますか、肩で振り向きますか」の問いに私は肩の方だと気づいた。それは首の硬い高齢者の動作らしい。

四十代の後半に首が回らなくなったことがある。回らないどころか、頭そのものが上げられない。動く時、自分の首を手で持ち上げるようにしてあげた体験がある。

これはストレスによるものだと思う。その頃は子どものことで心配事が多かった。その時専門医でCTを撮ったが、異常はなかった。

また、五十代、左手の小指側にひどいしびれや激痛が起こり、整形外科で「六番が圧迫されている。姿勢に気をつけなさい。顎が上がり過ぎている。顎を引いて六番を圧迫しないように。低すぎる枕はよくない。六百円くらいで売っている蕎麦殻の枕を使うとよい」とアドバイスを受けたことがあった。

「顎を引くだけ？　そんなことで治るのか」と半信半疑だったが、歩く時も顎を少し引くように心がけているうちに一カ月ほどでしびれも激痛も収まった。

それは不思議な忠告だったが、その痛みはその後再発していない。

ある日娘が「お母さんはパソコンの姿勢が悪すぎた」と言った。そういえばそうかもしれない。コタツの上に置いて年中小さなノートパソコンを使っていた。そのパソコンで胎教・出産・乳幼児育児の『はじめまして赤ちゃん』『いのちを育む』の本を書いて自費出版した。二冊とも二百ページ以上の分量の本だ。

所属しているモラロジー事務所の女性クラブの新聞もワープロやパソコンで書いていた。Ａ３の大きさ裏表の紙面、二十年以上も毎月書いている。

小さなパソコンの字が見にくいと前かがみになって打ち込んでいる姿は、首や腰の悪くなる典型的な形だという。

これほどパソコンを利用するとは思わず、小さなノートパソコンを使い、しかも日本語打ちの我流、姿勢のことなどまったく考えてもいなかった。

言われてみれば、パソコンが直接の原因だったかもしれないと、早々に大きなパソコンを買い、椅子も机もパソコン用を揃えた。

「時すでに遅し」だったが、とりあえず改善に踏み出した。

もし本当にパソコンが問題なら、使い方の改善には努めるものの、私にとっては大問題である。何しろ書くことが私の仕事、人生そのものであるから。

大切なこと、必要なことを書くこと、話すことで世に発信する、それが私の社会貢献の方法、私の使命と思っているのだから。

「人は好きなことで身を滅ぼす」というが、それはお酒や博打など悪いものばかりではない。善なるものでも好きなことには夢中になり過ぎて、体を痛めがちなものである。「過ぎたるは及ばざるが如し」という諺もある。

しかしパソコンをよく使う人の全員がこうなるわけではないとは思うが……。首が悪いのは「体質と生活習慣が関係している」と一般には言われている。やはり長時間、長期間のパソコン生活が最も大きな原因だろうか。それについては何の危機感もなかったから、長時間でもまったく体のケアなどしていなかった！

現代はストレートネックが問題になっている。重い頭（五〜七kg。体重の約八％）を支えるために首の骨は緩やかなカーブを描いている。ところが首の使い方の悪さでカーブがなくなり、まっすぐな形のストレートネックやまた逆カーブ（反らし過ぎ）の首になると頸椎を悪くするのだそうだ。

首を前に突き出すような体形の人を時々見かけるが「頸椎を痛めてないか」とやたら心配になってくる。

首を下げて、腰を丸めてスマホをしている人を見るとさらに心配になる。スマホ首と言われるが、子どもや若い人の姿には「大丈夫かな」と特に不安に思ってしまう。この子たちが大人になったら、年を取ったらどうなるのか……。

首の手術を必要とする人達は必ず増えるに違いない！　いやすでに首が悪い、頸椎症の人は若い人にも年々増加しているらしい。しかし首を安全に手術できる医師は少ないと聞いている。首の使い方や首の筋肉の強化の体操で予防するしかないと思う。

最近こんな記事を目にして愕然とした。

「狭窄症になりやすい人は**若い時に重労働や重いものを持つ等無理をしている**……そんな人は症状が進行しやすい……」

そういえば、剣道に夢中になっていた学生時代、重い防具を担いでよく歩いた。宅急便などなかった時代、すべて自分で担いで動いた。しかも男性の中に交じって男性以上の激しい稽古に明け暮れた。私としては命がけの稽古だった。

若い頃、子育てや家事でも、体を酷使していたかもしれない。荷物を持つことが苦でない私はこれまで重い荷物を持って動いていた。年子を抱えての育児はおんぶと抱っこ、三十kgのお米も運んでいた。それが自慢だった。

体力と気力がある私は自分の体に負荷をかけ過ぎた生活をしていたのかもしれない。それなのに、加齢により衰えていく筋肉を鍛える運動等はまったくしていなかった。(四十歳以降の女性の四分の三が筋肉低下にあるらしい。閉経後はさらに低下していく。まさにロコモティブシンドローム・運動器症候群！）

本当にそんな過去が原因であったとしても、私は自分の過去の過ごし方に悔いはない。面白い日々だった。ワクワク、キラキラした輝きのある人生だった。

よくよく考えると、腰や背中が曲がっている人や膝の痛い人の多くは下を向いて作業をする、重いものを持って歩く、体を曲げる仕事をしている等の人が多い。

六十歳そこそこで腰の曲がっている知人は毎日毎日、何十年も十kg、二十kgの肥料や米を運んでいたという。お花の指導をしている知人も側弯症の腰痛持ち。腰をかがめて生徒に指導する時間が多いという。

なるほど！　腰や首が悪いのは生活習慣、職業病かもしれない。

なるほど！　腰も首もやはり原因無くして結果は無いのかもしれない。

しかし……まてよ、米寿まで生きた明治生まれの私の二人の祖母達はそれぞれ六人の子沢山。しかも貧しい食事で、重労働の百姓人生だったけど姿勢もよく、腰も曲がっていなかった。

車のない時代の人はよく歩き、よく動いて体を鍛えていたが、それが救いなのか？

いずれにしても、加齢と体質と生活習慣が主な原因であることは間違いないようだ。

第五章　回復リハビリ生活

㈠　リハビリ入院生活

①別世界生活の始まり

「先生、リハビリしないでそのまま退院する人もいるようですが」

「柴田さんはひと月ほど回復リハビリを受けてゆっくり治しなさい」

というわけで二週間の手術入院の後、ひと月ほどの回復リハビリ入院生活を送ることになった。

なんと幸いなことに私の家の前に、リハビリに最も適した病院、津山第一病院があった。六階にあるリハビリ病棟の受付には「回復期リハビリテーション※」と看板が掲げてあった。

病室に入ると、宮崎駿のアニメの世界が目の前に広がっているではないか。「わぁー」と思わず目を見張り、声を上げた。

ここは宮崎の世界だ！

と子どものように感動したのだ。ここから翼を広げて飛び出せたら素敵！

氏の作品は少し高い所から見た風景がよく描かれている。私はアニメの主人公になった気分で家並み、田園風景を一カ月程楽しんだ。

季節は四月。五月に向けて変わりゆく春の風景を眺めながら過ごせた。痛い思いもすることなく、リハビリだけして過ごす最高に楽な入院生活。贅沢な日々を私は過ごせた。個室だったので、特にゆっくりできた。

昔、アキレス腱の手術後のリハビリは悲鳴が出るほど痛かったが、ここではまったくそんなことはない。

世俗を離れた旅行気分。本当にもったいない時間。豪華客船飛鳥Ⅱに乗って旅行しているような気分だった。面白いことに前方には我が家が丸見え。裏を出入りする車や人の姿もよく観察できた。

家のことが気にならないわけではなかったが、今更どうしようもない話だ。もしも家にいたら、私は多分無理をしてしまっただろう。それではせっかくの手術も台無しになるかもしれない。やはりリハビリ入院してよかったと思った。

※外科手術後の「回復期」に行う**リハビリテーション**のことを「**回復期リハビリテーション**」という。

②回復リハビリはなぜ必要かの説明

リハビリの受け持ちの方が二人病室に来てくださった。手の指導の作業療法士と体の動きの指導の理学療法士の方達。最初の私の動きを見て、二人とも驚かれた。

「かなり動けるのですね」。体の負担の少ないカギ穴手術だったので、やはり他の手術の方よりかなり早く動けるようだ。しゃがんで荷物を動かす動作がスムーズなのにも驚かれた。

まず、ここで二人から学んだ大切なことは次の事だった。

□手術は河岸工事のようなもの

「脊椎の手術は大洪水の土砂崩れを整理したようなもの。堤防などはまだまだ綺麗に整っていなくて、それがよくなるのは体が治そうとする自然治癒力の働き。それを信じて待つこと。リハビリは川の水をうまく通すために流れをつくるようなものです」

私は自分の首の中を土砂崩れした川とイメージしながら、なるほどうまい事いわれるなと感心して聞いた。

脊椎の中の小さな部分ながら、あれだけの大工事。川底はまだまだごたごたして、水はスムーズに流れないのだ。河川の両岸にはこれから草も生えて綺麗に整うのだ。水がスムーズに流れるようにリハビリをしていくというのか……。

「手術の後は筋肉が緊張して、スムーズな動きができないのです。体は痛みや恐怖を避けようとした動きを覚えます。一度覚えた動きは脳や筋肉が記憶しているので、リハビリで緊張を取り除いていく作業をしなければスムーズな動きができないのです」

という説明もなるほどと納得した。

痛みと闘っていた長い習慣、手術の恐怖、いつのまにか体は自己防御反応を示している。体にトラウマがついている状態だ。だから脳からの指示命令の配線を張り替える必要があるというのだ。

「**悪い期間が長いほど治りが悪い**」と言われたが、痛みを避けようとした無理な動き、歪んだ動きの期間が長いほど、修正は難しいということになる。ある面では突然起こった事故の人の動きの方が回復するのが早いそうだ。

手術による筋肉の動きの悪さに加え、今まで長い間痛さを避けるように動かした結果の歪み、縮み、こわばった筋肉の修正トレーニングも必要だという。

なんと分かりやすい、見事な説明だとつくづく感心しながら聞いた。

私の体は痛みを避けるためにいろいろな動きをしていたのか、それで二次災害が起こって余計に悪いところが増えてきたのかと思うと、体ってなんと賢い、素晴らしいものだと思った。

その後のリハビリで首や腰を動かしている時、こわごわしている自分に気づいた。特に首は顕著。指導者の手が首に近づくだけで肩がこわばり、顔つきが険しくなるという。おかしいくらい首に緊張が走っているのだった。

入院当時、私はよく動けると思っていたけど、その動き方もロボットのようだということが分かった。

□脊椎手術の輪ゴムの原理

また、次の説明も素晴らしいものだった。それは私がこわばりやしびれがなかなか治らないと嘆いていた時、教えてくれた。

「たとえていうと、神経管は手に輪ゴムをつけていたようなものです。手術してその輪ゴムを取り除いたら圧迫していた部分の痛みは消えるけど、輪ゴムの跡は消えない。輪ゴムをつけている期間が長いほど、強いほど、その跡は消えにくいのです。一度痛めた神経とはそのようなもので、元に戻るのには時間がかかるのです」

なるほど、これはまたなんと納得いく分かりやすい説明だろう。輪ゴムが食い込んでいたら本当に治りが悪いのだ。

昔、飼っていた子犬の首に紐をつけていて、子犬が大きくなっていたのに気づかず紐をそのままにして子犬が弱ってしまったことがあった。幸い病院で紐を外して治療できたが、可哀想なことになったことを思い出した。

「もし締め付けすぎたら神経は切れるかもしれません。そうしたら神経は決して繋ぐことができず、元には戻らないのです」

「痛めた時間が長ければ長いほど治るのに時間がかかります」と言われた説明もそれと同じだと、その説明に感動しながら指導者の話を聞いた。

まさに「輪ゴムの原理だ」と思い私は「輪ゴムの原理」と命名した。

手術後はリハビリを受けてゆっくり回復させることが大切だということを、私は身をもって体験した。

③回復リハビリ生活第一段階　入院中のリハビリ

ともかく私の回復リハビリ生活がいよいよ始まった。

午前、午後と一日二回（一回一時間）。病室からリハビリ室に下りて受けた。毎回指導者のマッサージ。とても柔らかく、丁寧なマッサージだった。

自分で行う運動は毎日違うカリキュラムを少しずつ指導された。

そして後は自分の部屋でその日のリハビリを復習。私はその日に学んだリハビリの内容をノートに書き留め、思い出してはベッドの上で運動をしていた。「無理をしないように」ということだったが、その加減は分からない。ただ「あっ、しなきゃ」と思った時始めて、疲れを感じたり、飽きたらやめるという気まぐれなものだったが、それでよかったようだ。まさに体の欲するままだ。

とにかく休憩でベッドに横になると足を上げたり、手を上げたり、それまで習ったリハビリの内容を思い出して練習していた。

そして一日一㎞を目標に数回に分けて廊下を歩いた。長い廊下は片道五十m。十回の往復で一㎞歩いたことになる。

初めは首や肩を固めてまるでロボットのような緊張した歩き方だった。やがて、肩の力が抜け、手も大きく振れて、少しずつスムーズに歩けるようになった。

リハビリ室では足も腰も手も首もほんの少しずつの動きの練習。こんなに少しずつでいいのかなと思うほどゆっくりのペースだったが、それでも数日前にはできなかったことができるようになっていた。

リハビリ病院ではいろいろな動きの訓練があった。人の体はこんなに繊細に、精巧にいろいろな動きをするものかと驚いた。

まさに、一年生が「あいうえお」の「あ」の字から一字一字学び、後戻りなく、毎日少しずつ進んでいくのと同じだと思った。

とにかく、習ったことを忠実に丁寧に、毎日復習しているうちにどんどんよくなって、退院する時「優等生の患者さん」とリハビリ師さんからお褒めの言葉をいただいた。そんなことでも褒められると嬉しいものだ。

ここの指導者の方は褒め上手だと気づいた。褒めて人をやる気にさせるとはこのことかもしれないと改めて褒め育ての大切さを感じた。

ここには脳梗塞、脳溢血などの回復、手足の怪我や疾患の回復、いろいろな患者さんがいる。みんな自分の病状に不安いっぱいの患者さん達だ。だから指導者のタッチはとても優しく、言葉もとても丁寧。

患者さんが怖がらないよう、嫌がらないように楽しい話を投げかけて上手にリードしていく。そして何より驚いたことは、指導者が患者さんの顔色、表情をきちんと観察されている。少しでも不安な表情が見えるとそれ以上の無理はせず、不安をカバーする指導をされることだ。

「緊張していますね」「不安なのですね」と指摘されると、「ああそうなんだ」と患者が自分の気持ちに気づくことが多い。

そして先ほど述べたように皆さん実に褒め上手で、それとなくやる気を起こさせる。決して否定的な言葉は言わない。

後で始めた体操教室カーブスの指導者も実によく褒める。それはお世辞だと思っても、悪い気はしない。人を導くコツが自然に溢れているように思う。

若いリハビリ師さんが多く、頼もしい。

岡山済生会総合病院で私が退院する時「四月からたくさんの理学療法士さんが入るのですよ」と言われていたが、高齢者の患者が多くなり、年を取っても自立した生活ができるように指導することの必要性が増えたようだ。

介護保険、医療保険の赤字の累積は大きく、もう手を打たなければ国の財政が崩壊するところまで来ている。そのためには「寝たきりにしない」「健康寿命」が今の医療の重要な視点だということを聞いている。リハビリはこれからますます増える高齢化社会への健康寿命を延ばす準備だ。

高齢者本人にとってもそれは有難いこと。人は死ぬまで自分で自分のことができるような健康は保ちたいものだ。

もっと言えば、予防医療。動けるうちに、元気なうちに、健康維持を促す指導が本当に必要だと入院していて特に思った。

(二) 退院後のリハビリ生活

①リハビリ生活第二段階　通いのリハビリ

いくらリハビリは自分でできるとはいえ、ぱっと手放されても不安。退院後はこの病院の通院リハビリに九月末まで五カ月間、週二回通った。

通いのリハビリは一回に二十分ほどだが、主に硬い所をほぐすマッサージと必要な運動指導をされた。

リハビリを受けながら自分の不安を話し、尋ねたいところを遠慮なく尋ねることができるので心強く、とても助かった。

通いのリハビリを受けることができて、これも本当によかったと思う。

リハビリはまず歩くことが基本と思い退院後も毎日二十分ほど歩いた。

退院後の歩く姿は見た目には元気な人とほとんど変わらないようだったが、歩いている私自身はいろいろなところに抵抗というか、違和感があった。

特に右足の太腿の前側の大腿四頭筋の抵抗感、右足の側面の太腿・大腿筋膜張筋がひどく突っ張っていた。もともと右側の症状が強かったので、右側はなかなか改善しなかった。

時には両腰骨のあたり、左右の鼠蹊部のあたり、といろいろなところがこわばって、いつもどこかを意識してしまうという歩き方が長い間続いた。

時を経て、だんだんと違和感は少なくなったが、まったく抵抗感なく歩けるようになるには、かなり時間がかかった。

②リハビリ生活第三段階　運動教室でのリハビリ

退院後、通いのリハビリと自分一人で体操をしていたが、これでいいのか不安になってきた。

「そろそろ通いのリハビリを卒業して体操教室に通おうかな」と思った。

しかし、通いのリハビリの卒業許可は出なかったが、運動に通うことの許可はリハビリ担当の医者から頂いた。

最近評判の体操教室「カーブス」が近くにあり、サークルの仲間達が多数通っているので見学に行った。説明を聞き、少し体験したが、とてもくたびれた。

そこで気づいたのは私の筋力が弱くなっていること。それは術後のためなのか、長い間痛めていたせいか、あるいは加齢のせいなのかもしれないが、大変低下していることは事実。だから私の回復には筋肉強化が必要だと分かった。

自分一人でしている体操は体に負荷がかかっていないので筋肉強化には弱すぎるか

もしれないと思った。もう次の段階にいかなきゃと思い、カーブスに通うことにした。

カーブスでは十二の器械を使って、体の各部分をターゲットに強化していく。三十秒という短い時間で一つの運動をし、次に移る。輪のように次々と回っていき、二セット行って終わりだ。

正直これでいいのかと思うほど軽い筋トレのようだが、体全体の筋肉を無理なく、万遍なく、最善の効果が出るようによく研究された方法のようだ。

時間が決められているので余分にはできない。無理のできない私にぴったり、すぐに無理をしたくなる私には、さらにぴったりの方法だ。二十分ほどの筋トレの後、各自でストレッチ。だいたい三十分で終わる。

後は買い物をして帰れば時間は上手に使える。主婦にもってこいのよく考えられた方法だと感心した。何よりも自分の都合でいつ参加してもよいということ。

隙間の時間を上手に利用できるという、憎いほど忙しい人を思いやったやり方だ。まさにお客様のためにあるという商法だ。この方法に納得した私は早々に申し込んだ。ここから私の第三段階の回復リハビリ生活が始まった。

週二、三回の筋トレを楽しみに参加する生活をその後も続けている。ここで筋トレをすると今日の運動量はこれで十分だという安心感が得られるのでとても有難い。

③回復生活第四段階　運動と養生　たゆまず、ゆっくり、こつこつと努力

手術後半年はリハビリを受けるのがよいと医師から勧められていたので、ちょうど半年間の通いのリハビリを受けて、リハビリなるものを終了した。

しかし、筋肉が本当に元に戻るのにはまだまだ月日が必要だと分かった。後はもうリハビリと言うより、筋肉強化の運動療法。

それを私はリハビリという言葉を抜いて、回復生活第四段階と区切った。

それはまさに「死ぬまで運動」を実行すること。

これからは回復と健康維持のために怠けず、こつこつと地道に運動をしなくてはならないと覚悟をして続けることだ。

しかし自分一人で運動するのは難しい。やはり行きやすい場所で、適切な指導の下で運動をするのが望ましいと思う。

健康寿命を延ばすために筋肉強化が必要だと近年よく言われるようになったが、元

気な高齢者として生きるための準備として今度の体験は私にとってよいタイミングであった。

第六章　回復過程　喜びと不安の日々

㈠　術後一年を迎えて

①消えない症状

退院後のリハビリと回復のための運動については第五章で述べたとおり。しかし、その間もその後も私の回復中にはいろいろなことが起こった。回復の道はまさに紆余曲折だったのだ。

手術をして、リハビリをして、ウォーキングをして、筋トレをして、そして万々歳、というわけではなかった。正直にいうと、まだ治らないとがっかりしたり、苛立ったりしたことがかなり続いた。

特に半年を過ぎると、軽やかに動ける大きな喜びと未だ続く痛みと違和感に疑問や不満を抱くことも少なからず。

それは私だけかと思ってみるが、どうやらそうでもなさそう。半年たってもまだ痛みが取れない、まだ違和感があるという声は少なくない。

しかし、そうでない人も確かにいた。「手術してすっかりよくなった。どこも痛いところはない」と言う人に何人か出会って、羨ましい限りと思った。だから医者も治る過程はさまざまだといつも言われている。

　つまりはどの時点で手術をしたか、痛めていた期間の長さ、どの神経に圧迫があったか等によって回復の仕方や違和感の場所、様子はかなり違うらしい。

　私の場合は、いつまでも続いていた頑固な一連の痛みがなくなるのに一年半はかかった。手や足の裏のこわばり（時に軽いしびれ）はその後も続いている。

「すっかりよくなったのね」と言われても「はいすっかり」とは言えず、「まだ少し。一度傷めた筋肉はなかなか回復しないの」と答えざるを得ない時期が結構長く続いた。

　そのことが「手術をしてもね」という巷にある手術への不信感、懐疑的な声になっているのかもしれないと思うことがあった。

　かなり以前のある時、夫から「痛い痛いと言っているがもう椅子は使っていないじゃないか」と指摘され、改めて自分の回復を見直したことがあった。

　手術前はもちろん、手術後もしばらく使っていた台所の高めの椅子はいつのまにか物置台になっていた。

　よくなったこととまだ辛いことを比較したら、痛いのはほんの一部、断然よくなっていることが多い。生活の質ははるかに向上している。

そのことを忘れて負のことばかりに注目しがちな自分を反省したのだが、痛いものは痛い！

ここで改めて気づいたことを整理すると、

- 狭窄症の手術は成功しても一度痛めた神経や筋肉の回復は時間がかかる。
- 長い間歪んだ使い方で萎縮している筋肉の回復は相当に手間がいる。
- 回復は行きつ戻りつしながら回復へと進んでいく。
- 完全に元に戻ることは難しいかもしれない。
- 痛みは狭窄症とはまったく別の原因が関係しているのかもしれない。
- 自分が年々老化していることを忘れてはいけない。運動をしてやっとプラス・マイナスゼロになる。悪くなる前の若い頃と比較してはいけないのだ。

②「まだ一年」と「もう一年」

術後一年、津山国際ホテルのレストランを借り切ってお花見の会を開いた。満開の桜が一望できる最上の七階のレストランでの素敵な催しに主催責任者の私は忙しく動いていた。

「美智子さんは手術してまだ一年なのに、あんなに動いても大丈夫なの」という声を参加者から戴いた。

「えっ！〝まだ〟でもいいの？」私は驚いた。私は「もう一年なのに」と思っていたのだ。もう一年なのにまだ痛い、まだ違和感がある、と思えばへこむけど、まだ一年だからと思えば、違和感があっても当然だと思える。

今回、私はもっと自分の体に優しくしなければならないのだと気づいた時、涙が出た。

自分の体に叱咤激励し過ぎている、努力の見返りを要求し過ぎているのかも、癒えきっていない体を酷使しているのかもしれないと思うと、体に申し訳なくなった。もっとゆっくり回復することを許さなくてはならないのかとも思った。

そんな私の心の内を友人に話すと、

「手術をした体はそうやすやすと治るものではないわ。うちの子は難産だったからお産の時のあのお腹の痛みは五年くらい消えなかったわ」と諭された。

「以前に比べたらとても元気になっている。退院して間もないのに、花を植えたりして凄いと感心したわ。歩く姿がぜんぜん違って、やはり手術してよかったと思った。手術の前の顔はとても辛そうだった、見ていられなかった」と言われた。それは周りの皆からよく言われることだった。

近所の若い人から「おばちゃん、以前の笑顔が戻ったね」と指摘され驚いた。かかりつけの内科医も「明るくなったよ、よかった」と喜んで下さった。

「笑顔と活気が戻ったね」と多くの知人から言われた。

「私そんなに悲愴な顔していたかな、元気にしていたつもりだけど」

「気の毒で身を引くようだった」と遠慮気味に言った人もいた。

元気よく振る舞っていたと思ったけど、どうやら私はみんなに随分気を遣わせていたようだ、申し訳ないことだったなと思った。

そうなんだ！　焦ることはないんだ！　ゆっくり回復したらいいんだ！

手術の成功はリハビリ、運動、養生、そして時間なのだ、時間を忘れてはいけないのだと改めて思った。いろいろなことが折り合うには時間が必要なのだ。

少しくどいかもしれないけど、悲喜交々のそうした私の回復過程の様子をもう少し詳しく書いてみた。興味ある方はぜひ次も読んで頂きたい。

(二) 回復を振り返って

① 喜びと不安

やさしい日差しのある日、寝室のベッドに横たわって休憩をしているとき、夢うつつながら「ああ……私は仰向けになっている。大の字になって寝ている」と痛みなく寝転べる喜びを味わった。

颯爽と歩ける。仰向けになれる。足腰の痛みは消え、楽になったのは確か。それにまた何より嬉しい変化は薬を使わないでも夜眠れるようになったこと。

退院後はほとんど服用していない。たまに痛みで目覚めることはあったが、以前に比べたら軽いもので、痛いところをさすりながら寝てしまう程度だった。

しかし、入院中には寝付けず睡眠導入剤を服用した。神経が過敏になっているのか、どうも病院は寝付きが悪いところのようだ。

看護師さんが「病院は特別な所だから飲んでいいのよ」と言って下さった。

それに排便も本当に楽になった。ここ数年間は排便にも苦しんだ。最後には腰全体が壊れるほどビリビリと痛くなった時、排便すると楽になったから、これが排泄障害かなと思ったこともたびたびあった。

あれやこれや以前とは比べ物にならないほど有難い状態になったが、それでも「すっかりよくなった」とは、まだ言い難いものがあったのだ。

右の足、腰（主に仙骨のあたり）に残っている痛み。動かせば感じる体の各部のこわばり、まったく改善しない手の指のこわばり、取れない足の裏の違和感。

首の手術をして劇的に楽になった腰のような改善を期待したが、腰の手術後にはそれ以上の改善はなかった。期待が大きかっただけにがっかりだった。

ある日、お風呂の湯船の中で足の上下、前後屈伸する運動をすると楽にできた。ああ私の腰は確かによくなったのだと実感した。手術前はそれをする時、足から腰にビーンと痛みとしびれが走っていたが、術後にそれは全くない。

『腰椎手術はこわくない』に**「手術を受けても改善されないのは、神経の癒着だけで起こるものではない、それは手術部位に誤りがあるか、椎間板や骨、靭帯による神経根の圧迫が完全に取れていないためです。または除圧された部位に腰椎の過度の動き、不安定さがあるためです」**とあった。

私の改善されないのはこれかなと思ったが、手術担当医からは災いをしていたところは「きれいに取れています」と言われているし……。

もしかしてこれは狭窄症とは関わらない別の問題なのかもしれないと思った。

医師や整体師やリハビリの先生に尋ねたが、言われることは「そのうち治るから様子を見て」「完全に治ることは難しい」「リハビリを続けて」だった。

手術が終わったらすぐさまいろいろな事がすっかり改善していくと期待していたが、それは大きな間違いだった。体のことを研究するほどに、一度痛めた筋肉の回復には時間がかかることが本当によく分かった。

特に私は痛めたところが多い。首が三カ所、腰が二カ所の手術だったのだから回復に時間がかかるのは仕方がないのかもしれないと思った。

②消えない頑固な足腰の痛み

私の場合、特に気になったのが、以前からあった右下腹部、そこから骨盤につながった腰の部分の痛み。術後もかなりきつい痛みが続いた。異変を感じるとすぐ手がそこに行く。そしてそこを始終さすっていた。

脳神経外科の何人かの先生に相談しても適切な回答はない。

「リハビリ病院を退院してからでいいから内科でみてもらって」という手術担当医の言葉に「そうか……気にしないでもいいのかな……」と思った。

せっかく長期リハビリ入院の機会なので、治療できたらと整形外科の医師に相談すると、触診をして「大丈夫。気にしないで。CTやレントゲンの画像を見ておくから」、その後の返事はなかった。やはり心配ないのだと思った。

しかし、いつまでも痛みが続くので、リハビリ病院退院後、かかりつけの内科医で受診。エコーで見てもらったが、なんら異常は見られない。

大病院の胃腸科専門に紹介され、血液検査、CT検査も受けたが、やはりまったく何の異常もないということ。

日頃からお世話になっている担当医に相談すると、内臓のレントゲンを撮り、「これは便が残っているせいでしょう」と言われた。

以前から「便がたまっています」ということはよく言われていた。その医師の話によると、腸が動く時痛みがでるのではないかということ。

さらに私はかつて卵巣嚢腫摘出手術を受けている。もう五十年前の話。盲腸だと言われて開いたら、左の卵巣が破裂して右の盲腸の方に流れていた。それで右腹下部にかなり大きな手術跡がある（それでもその後四人も子どもを授かった）。

「手術をした人はどうしても癒着が起こるし、傷跡がひきつることがある。そんなこともその痛みには関係しているのではないか。とにかく腸をきれいにしたら」と便秘薬をもらった。

「筋肉が少ないだけに筋肉に疲労物質がたまり疲労しやすく、痛みを感じているのではないでしょうか」と整体師。

「神経を痛めた人は脳からの指令が伝わりにくいので、自分では百％使っていると思う筋肉でも実際は三割しか使えていないのです」と理学療法士。

六十歳を過ぎると筋肉が急激に衰えるといわれるが、私の臀部も太腿も確かに筋肉が減っている。特に右の筋肉は左に比べて極端に少なくなっている。いつからそうなったか分からないが、足腰に強い痛みを感じていた頃「右側の臀部や太腿がこんなに痩せている」と驚いたことがあった。

「極端に痩せた足腰。だから動かせばすぐに疲労し、痛みが起こるのかな。それには筋トレをして筋肉を強くしていくしかないのか、といってもたくさん運動すれば疲れて痛む、結局少しずつ長く続けて、改善するしかないのかなあ」と考えるしか手がなかった。

右側の鼠蹊部から始まった足腰腹部の痛み、みんな関連しているのかもしれない。改善はされていなかったが、一連の犯人捜し、原因探しをここで一応収めることにしたのだが、その箇所の痛みはずーっと続いて私を悩ませ続けた。右仙骨から大腿骨へかけてズキンとかなり強い痛みがしばしば走ることもあった。

時がたつにつれて少しずつ減っていったが、結局痛みがすっかり消えるのに一年半くらいはかかった。

③首の経過

腰の方はそんな調子だが、首の方は時々頭の重さ、時には軽い頭痛も感じた。それが術後二カ月頃から増えてきたようだ。

「首や肩の筋肉がこわばっているからだ」と月一度診察を受けるリハビリ病院の整形外科医から言われた。

「それは首の手術をした人の宿命です。首の手術をした人はどうしても肩の凝りが強くなって、頭が重たく感じるものです。それはどうしようもない、首の筋肉を強くするしかない」ということ。

私の場合、首の後ろからの手術は肩こりが強いから、と前からの手術を勧められたので、後ろを手術した人よりそれでも肩こりは少ない方かもしれない。

後ろの首にまったく違和感はないけど、首の前を手術した傷跡の皮膚のツッパリがある。そのツッパリも肩こりになるようだ。

私は頸椎を固定するものを入れていないので、首は自由に動かせるし、後頭部や後ろの首の筋肉のツッパリもないので本当に有難いと思った。

リハビリの指導者に尋ねた。

「首の前を切っているのに、後ろも凝るのですか」

「前を切っても首はつながっているから、一部がツッパルと全部に影響しますよ。首は重い頭を支えるから一部が悪くても全体に響きます」

手術にはこういうリスクがあるのかと初めて理解した。それでも他がよくなったのだから仕方ない、そのうち楽になるだろうと思い直した。

初めは人の手が近づいただけで首に緊張が走っていた。そのうち恐怖はなくなったが、知らず知らずに緊張が起こって首や肩が疲れやすく、硬くなっていることもあるかもしれないと思った。

後頭部の違和感、頭の重さ等を感じると腰以上に不安になってきた。脊椎の中がどうにかなっているのではと。しかしそれは首の手術をした人に付随するものと聞けば安心した。なんでもよく聞けるところがあってよかったと思った。

回復につれて、首の手術の傷跡のこわばりを感じてきた。今まで気にならなかった首の傷跡である。そういえば首のマッサージをすっかり忘れていた。

首の傷跡が「私も忘れないで」と声掛けをしているような気がして、首の傷跡を軽くさするようにしたが、首の傷跡のツッパリはずーっと続いている。喉が締め付けられる感じもたまにある。そんな時はやはり首のマッサージをしている。

有難いことに、術後四カ月頃から通い始めた「カーブス」で筋トレをしているうちに頭の重さはほとんどなくなった。上半身の筋肉が強くなってきたからだと思う。首も肩も背中も腕も連動していることが分かった。

④疲労感

不調を感じるのは首や腰だけではない、疲れをよく感じるようになった。

はじめは、手術後だからと思っていたが、三カ月くらいたつと期待が大きくなるのか、以前より早く疲れを感じることを不安に思った。

メスを入れた体は疲れやすいともいう。まだ回復には時間がかかるともいう。いや、この疲れやすさは年相応なのか、以前の私にパワーがあり過ぎたのかとも考えた。疲れは筋肉疲労なのか、免疫力低下なのか、それとも精神的なものなのか、弛んでいるのかよく分からない。もしかしてオーバーワークかも。

疲れやすいと言っても何もしないわけにはいかない。また、何もしないと体はなまってさらに疲れやすくなる。無理をしないように、疲れたら早めに休むように、自分で上手に自己管理をするしかないようだ。

「日常生活こそ本当のリハビリです」と言われていたけど、日常生活の中では、病院では使わなかった体のいろいろな部分を使う、回復するほどに体をよく使うので、疲れも出てくるのかもしれない。

「元気をつけるには運動を継続して筋肉を強くすること」という指導を肝に銘じて行うしか手はないようだ。

こんな体験を繰り返しながら、体はゆっくり回復していくのかもしれないと思った。

⑤様々に感じる違和感

不思議なもので健康なときは別にどこの筋肉を使っていても気にならなかったことが、悪くなると使っている筋肉の違和感がとても気になった。

特に歩く時や立つ時にそれを感じる。全体重が足腰にくるからだろう。今日はここが突っ張るとか、いやになるほど毎回どこかに意識がいっていた。

外から見ると颯爽とスマートに歩いていて何の問題もないように見えるが、実際は腰骨の前、横、後ろにミシミシ、ジンジンという痛みに似た違和感、歩く毎にギクギクするものも感じながら歩いているようだった。

洗濯物を干しながら、人間の体は腰で支えられているのがよく分かった。はじめは腰骨のあたりにずしんと重みを感じた。しかしそのうち感じなくなった。

手術前は手をあげて洗濯物を干すのすら辛く、竿を低くして椅子に座ってやっと干していた。退院後はいつのまにか洗濯干し用の椅子も必要なくなった。

胸をぴんと張り、背中や腰を伸ばすと、肩甲骨の下あたり、胃の裏側、腎臓の後ろが硬くなっている気がした。背部の違和感だった。

首も腰も狭窄症の部分の骨を削っているが、私の場合はそのための固定をしていない。だから背中が疲れるのだろうかとまたまた細微に考えるのだった。

医師の説明では、固定しなければ持たないほど削らないので固定はしなくても大丈夫ということだった。それがカギ穴手術の利点だという。切り取った骨は半年くらいから再生できると言われていた（実際に半年後再生してきていた）。

体を支える靭帯を一部取り去っているので支えが弱いのだろうかとも考えてみた。まるで寸法の違うつっぱり棒が入っているようなアンバランスな感じだ。

入院中は背中や腰のピリピリ感で眠りにくい夜もあったが、そのうち消えた。体のあちこちに起こるピリピリ感は血流の悪さの関係だったのだろうか。

退院後、今まで使っていなかった箇所を使うようになった。そして体操の種類も増やして前屈姿勢や前屈体操も始めた。

そのことがあってか、新たな部分の違和感が次々に発生するようだった。特に手術をした後ろの腰骨のあたりの違和感が強くなった。尾骶骨の上の仙骨あたりの違和感も気になったりした。

背中のハリ、腰のハリ、足のハリ、いろいろな部位のこわばりは結局、腹筋や背筋などの筋力低下が原因のようだ。

だからすぐに疲労が起こって、だるかったり、こわばったりするということだ。そしてその疲労は痛みとして出てくるようだ。

体を使っているうちに、体の奥の方から、ここも痛んでいたよと言って違和感がニョキッと出てきた。深部の細かな筋肉が次々と存在を主張しているようだ。

奥の方の筋肉、インナーマッスルといわれる筋肉の強化は楽ではない、根気よく続けていくしかないようだ。

狭窄症は治っても、私にはまだ手つかずのすべり症や圧迫箇所があるから違和感はそれかなと思ってみたりした。

長い時間をかけて傷めた場所がまだまだ治っていないことを自覚した。あるいは別の原因があるのかもしれないと実にあれこれ思い患う私であった。

「回復過程は人それぞれ」といわれる。手術をした他の人が実際にどうであったかを詳しく調べてみたいのだが、残念ながらそんな出会いはなかなかない。

辛い時は、足の体操をしたり、シップを貼ったり、マッサージをする。不思議なことに今まで使ったことがないマッサージ機に乗ってマッサージをするのが私の日課になった。それは癒やしと至福の時のように感じられた。

私は動くたびに自分の体の違和感をわざわざ探しているようだった。しかし、実はそれは手術した多くの人が体験することのようだ。

「そういえば、いつもどこかが気になっていたけど、いつの間にか気にならなくなったわ」という体験者に出会い、ほっとした。

「いかがですか」

「×××が気になりますか」の会話をリハビリ中よく交わした。

「一直線によくなるということはありませんよ。よかったり、悪かったりを繰り返して回復するものですよ」と言われると、ああそうか、体の調子も人生と同じで、よかったり、悪かったりを繰り返すものなのだと思ったものだ。そんな繰り返しで少しずつ軽くなりつつも、一年半くらいは続いていた。

私達の体はいろいろな意味からしていかに筋肉で守られているか分かった。そして痛めた筋肉の回復がいかに大変なことかを思い知った。特に高齢になると加齢の衰えが加わり、運動の効果はなかなか出ないようだ。

手術後は調子がよかったけど、何年か後から痛みを感じるようになったという人も少なくない。そんな話を聞けば、私もそうなったらと不安になった。

「喉元過ぎれば熱さ忘れる」の諺の如く、回復してくるとケアや運動をしない人が多いらしい。さらに無理をして使い、それで筋肉をいためため、それがまた痛みを引き起こす原因にもなるということもあるらしい。

⑥徐々に改善

少し時間を戻してみよう。術後三カ月頃か、庭の手入れをしている時気づいたことがあった。あれ、しゃがむ動作がしやすい。なんだか歩きやすい。右足も少し軽くなってきたようだ。右の腰や足の違和感が少なくなってきたようだ。細やかにスピーディーに動けている。

母も「動きがよくなってきたようだね」と喜んでくれた。

ある時、洗面所に置いていた背の高い椅子が使われていないことに気づき、嬉しかった。「もういらないのだ。もう二度と使わないように、お世話になりました」と言いつつ物置に片づけた（とにかく家中に椅子を置いていた）。

アキレス腱を切ったときも、まともに歩けるようになるのに半年以上かかったのだから、そうそう早く改善できないものだ、焦ってはいけないのだった。

そういえば、私は十九歳の時アキレス腱を切ったが、アキレス腱がつっぱるのをまったく感じなくなるのに二十年近くかかったことを思い出した。

脛《すね》にできていた腫瘍を取った知人が「しっかり歩けるようになるのに三年かかった。

今でも足はいつも冷たく、しびれは回復していないけど」と言った。やはり回復には時間がかかるし、治ることと治らないことがあるようだ。

久しぶりに同じ時期に手術した人に出会った。その方は側弯症で大掛かりな手術だった。もちろん腰に固定するものを入れている。

腰の調子を伺うと、あまり困った様子はない。「不調はないですか?」「うん、ここのところが……」臀部を押さえた。平素は歩いているけど、別に筋トレもしていない様子。

少しショックだった。ここに違和感がある、ここがこわばっていると大騒ぎをしている自分に見劣りを感じた。

手術後も人によっていろいろな状態があるものだと思った。

その後、私のように手術後に右足の大腿骨、大腿四頭筋の痛みやしびれを訴えている人に数人出会った。一足先を進んでいる私は「本当に回復するのには時間がかかるらしい。半年すると随分違ってきますよ」と励ます立場になった。

脳神経外科で頸椎の後縦靭帯骨化症の手術をした人が手のしびれや痛みがまだとれていないと嘆いていた。「時間がかかるようですよ」と言うと安心された。

みんなやっぱりすぐに完全に治ると期待している。だからいつまでも続く痛みやしびれ、違和感が不安なのだ。

術後十カ月、「大腿四頭筋の上部がまだまだ硬いね」と時々お世話になる整体師から言われた。確かに腹部と太腿を繋ぐ筋、鼠蹊部あたりが硬くなって、足を後ろに反らしにくい（自分ではよく反らせているつもりだが）。

体が前屈した状態で過ごしているうちに固まってしまった筋肉や靭帯を伸ばすのは容易ではない。こんなに努力しているのにまだそうなのかとがっかりだった。

その半年後もまだ硬いと言われたが、痛んだ筋肉の改善はなんと手間のいることだろう！　老化に加速のつく高齢者の筋肉の回復力の悪さには少々参った。

以前は見るだけだったテレビ体操が始まると一緒にするようにしている。日々の生活の中で体の使い方、立ち仕事、座り仕事、気をつけるようにして、日常生活そのものをトレーニングにするように努めた。

(三) 再生の喜びを実感しつつ

①手術後の検診

八月十日、手術後五カ月目を前にして、手術した病院での受診があった。そういえば初めて脳神経外科を受診してちょうど一年だ。

そして手術後二回目の受診となる。手術後初めての検査ではＭＲＩを撮った。今回もやはりいつものように三時間待ちでやっと番が来て診察。

「柴田さん綺麗ですよ。首も腰もとても綺麗に水が（脳脊髄液のこと）流れています」と言われて私はほっとした。

まだ何か良くないところがあるのではないか、新しい箇所に問題が起きていないか不安だったのだ。

手はまだ治らないし、足の裏の違和感も取れない。腰も時々痛む。これは何か異変が起こっているのではないかと勘繰ったりしていた。

おかしいくらいいろいろなことに杞憂していた私であるが、今回の検査で安心し、改めてこのカギ穴手術に出会ってよかったと心から思った。

脳脊髄液の流れと言えば、以前撮った悪い状態の映像には狭窄している腰椎三番以下の液の流れの悪さを指摘された。

その上は白く映っていたが、三番より下は濁っているように見えた。ちょうど水路の一部が詰まって流れが淀んでいる状態だったことを思い出した。

脳脊髄液は脳から脊髄を通る水で、わずか一五〇ccしかないが、しかし人間の健康に非常に大切な水分である。

最近、脳脊髄液の減少や漏れが問題になっているが、度々襲った私の体のしんどさはこの脳脊髄液がスムーズに流れていなかったことも関係していたのではないかと思った。

なんと脊髄神経は脳脊髄液の中を浮くような状態で存在しているという！

それから三カ月後、術後八カ月後の十一月に検査のための受診。レントゲンとCTを撮った。「骨が再生されているよ」と映像を見ながら言われた。

すべてが順調に回復していた。

一部狭くなっている部分を指さして「これはどうなっているのですか」と尋ねた。

「そこは加齢で変性した部分です」と言われた。

「特に疾患ではないからそのままにしておくほうがよい」と言われた。

人間の体は年を取ると老化して硬くなったり、萎縮したりしていくものらしい。だから若い時と同じようなことを要求するのは無理なのだ。しかし、「年だから」という言葉に私の心は傷つく、本当のことなのに、なぜか寂しい！

首は綺麗になっているので、「手の違和感はもしかして首の問題だけではないのでしょうか」と尋ねると「そうだね……」と曖昧に言われた。

手術前、「手のしびれが長いと治りが悪い」と言われていたので、なかなか成果は出ないのかもしれないから先生も何とも言えないのかなと思った。

半年後の四月二十五日に次の予約を入れた。

②人生を取り戻した喜び

術後八カ月の頃になると遠くへ出かける気力が湧いてきて旅行に出かけた。仲間達とジャンボタクシーを使って、神話の里を訪ねての淡路島旅行。みんなと一緒に行動できた。「よく歩けるようになったね」と仲間から驚かれた。

また東京にも出かけた。とにかく杖を使わずに旅行ができることが嬉しくてたまらなかった。以前の私の姿を知っている人達は本当に驚いて喜んでくれた。

やはり時が解決するのか、動きやすさが一段と進んできた。ウォーキングをしているときも、「こんなに歩けるようになりました。脳神経外科のカギ穴手術のおかげなんです」と誰かに言いたい気持ちに駆られるほど喜びで心が高揚してくることもあった。何より固定するものが入っていないことが自慢に思えたのだ。

颯爽と歩けることが嬉しくて、有難くて、有難くてたまらないのだ。手術のおかげで私は「人生を取り戻した」ことを強く実感した。「人生を取り戻した」いや、「命を蘇らせてもらえた」といってよいかもしれない。

この喜びが大げさなんて言われたくない！

喜びは痛さが取れたことだけではないのだ。

当たり前のことがスムーズにできないことの情けなさ！

人目を気にしながら、気兼ねをしながら生きる、この辛さ！

それらからの解放はどれだけ嬉しいことか！　有難いことか！

箒で庭掃除ができる、布団が干せる、重いものを持って歩ける。

庭の手入れも軽々とできる。

日常生活でできることがいっぱい増えていた。

歯の治療も美容院の洗髪の時も楽に仰向けになれる。

可愛い孫を抱っこして歩けるようにもなったことも本当に幸せだ！

趣味のウクレレや琴、三味線の演奏にも堂々と出演できるようになった。

講演活動もできるようになったことも本当に嬉しい。

もう着ることはないかもと思っていた着物も着てみようと思った。

お洒落をするのが嬉しく、楽しくなってきたのだ。

頑固な排便の苦しみからも解放された！

健康とはなんと有難いことか……涙がこぼれた。

手術の選択をしなかったら、あのままの痛みと辛さで一生終わっていくところだったかもしれない。お洒落をする気にもなれず、人前に出る気にもなれず……だんだんと籠もる生活になっていたかもしれない。

「柴田さん、手術をしよう」と後押しをして、よい手術をして下さった主治医との出会いに心からの喜びと感謝を何回も感じている。

だから済生会の先生達が県北で地域健康講座をされるときは、いつも知人に案内の紙を配って「一度聞いてみて、勉強になるわよ」と宣伝している。腰痛のある人もない人も、そして若い人にも絶対に為になると思っている。

地域健康講座は普段めったに聞くことのできない専門的な脊椎・脊髄疾患の話、最新医療の数々を素人でも分かるように説明される珍しいセミナーだ（最近は脳や心臓の最新医療の話も入って、さらに興味深い内容のセミナーが行われることがある）。

時々、他県の名医といわれる医師が参加されて講義をして下さるが、どの講義もとにかく面白い。映像でリアルな現場を紹介されるが、まるで学会でする発表のようなレベルの話が田舎の地で聞けて有難いが、もったいない気がする。

先生方のユーモアたっぷりの和やかな雰囲気は、とても第一線の厳しい現場で執刀されている方とは思えない。毎回新しい話題もあり、目から鱗の面白さに魅せられて、私は健康セミナーの追っかけをした。何回聞いても面白かった。

まだまだ知られていない脳神経外科の脊椎手術。体に優しい最新の低侵襲手術が多くの人に知られるよう応援したいと思っている。

㈣ 痛みとの新たな格闘

①痛みのぶり返し

主婦にとって一番大変な年末年始、まだ相変わらず続いていた部分の痛みがその頃からさらに強くなってきたようだ。

痛みのぶり返しが始まったのかもしれない。それは完全に使い過ぎによる痛みだったと思う。足腰へ負担をかけ過ぎたための筋肉疲労だったと後から思った。

友人が年末年始の家事で腕を痛め、そのまま使っていたら完全に筋肉に炎症が起きてしまって治らないという。私もそうかもしれないと思った。

足腰の疲労が治らないうちに、また使って、結局疲労が残ってしまう、それが続いて炎症を起こす状態になったのかもしれないと思った。

そういえば、旅行先でも少々無理をして歩き過ぎていたかもしれない。

つまりオーバーワーク、使い過ぎなのだ。東京で歩いていたとき、腰に少し異変を感じたのだがそれでも歩いた。「調子がよいから」の陥りやすい罠なのだ。

タケノコ掘りをしてうんと悪くなった人もいる。みんな回復への侮りなのだ。そこで体操も筋トレも少しセーブし、横になって休むように気をつけた。そうすると痛みが少し減った。忙しくて動き回ることが続くとまた痛みが出る。

やはり痛みは筋肉疲労、筋肉の炎症なのかもしれないと思った。立ち仕事の家事も意外と重労働のようだ（家事は運動ではなく、筋肉疲労といわれる）。

腕の痛みを訴えていた友達の痛みは、その後二年以上たっても完全には治っていない。一度痛めた手足の痛みの改善が難しいのは年のせいだろうか。

できるだけ自分の体を労るようにしなければならないと思うが、どうもとことん動いてしまうアクティブ癖は治らない。

リハビリで「良かったり悪かったりを繰り返して回復する」と言われたが、日常生活では足腰によくない動きや過剰な動きがどうしても多くなる、回復は行きつ、戻りつ、一直線には回復しないことを実感した。

②頑固な痛みの改善

ずーっと続いている執拗で頑固なこの痛みをなんとかしたい、といろいろと試みたが実に難しい。

手術後一年のある日、通りすがりにいつも気にしていた「カイロプラクティック治療」の看板の治療院に寄ってみた。私の痛みの改善には、運動だけではなく、もしかして体の調整が必要なのではないかと思っていたからだ。

人間の体も建物と一緒で少しの歪みでも体の不調につながるようだ。

元気な時は分からないが、年を取り、あるいは体を痛めて筋肉が弱ってくるとそれは大きな災いとなる。

「体が歪んだまま筋トレしてはいけない」と聞いたことがあったので「歪みの矯正」には関心が強かった。

予定している三日間の九州旅行を元気で過ごすためにも、この痛みをなんとか緩和しておきたいと藁にもすがる思いだった。

状態を説明すると、「うちの方法が合うかどうか分からないけどやってみましょう」

と謙虚に言われた。

二十分ほど仙骨や殿筋、梨状筋、大腰筋などの歪みの調節をしてもらった。とてもソフトタッチだった。終わった後、腰がとても軽くなった。

なんと！　ハードスケジュールな車の旅行中一度も痛みを感じずに過ごせた。旅の途中「先生、まったく痛くない！」と報告すると整体師の方が驚いた。

今までどんな治療もこんなに痛みが消えることはなかった。ああ、これで治るのだと大いに期待した。チャンスの神様がまた降りてくださった！　と思った。

しかし現実はそう甘くはなかった。痛みは軽くなったが消えることはなく、その後も長く続いた。

自分の腰を触ってみると相変わらず痛みの出る右の足腰の筋肉量は左に比べてまだまだ少ない。この筋肉量が増えないと痛みがなくなることはないのかもしれないと思った。

筋肉強化のためには筋トレと共にタンパク質の摂取が必要だと学び、プロテインという蛋白質を運動の後に飲んでいる。しかし、筋肉が増えるのはなかなか容易ではない。地道に気長く努力あるのみ！

㈤ 手術して一年、そして二年を迎えて

四月二十五日、術後一年目の検診。首と腰のＭＲＩとレントゲンの検査。いろいろな角度から検査。すべて順調に回復！　これで大手を振っての回復だ！

待合室に不安げな人達がたくさんいた。「手術して一年です。こんなに元気になりました。皆さん大丈夫ですよ」と言ってあげたい気持ちだった。

「歩けるようになったら海外旅行しよう」と夫が以前から言っていた。手術して一年と四カ月後の七月にスイス旅行ができた。三〇〇〇ｍ級の山々に上り（乗り物で）、可愛い高山植物がたくさん咲いているアルプスの少女の高原の道を歩いて下りた。

こんなことができるようになったのだから、本当に有難いことだと思った。

「この先何があってもここで手術をしてよかった」と改めて感無量の喜びを感じた旅行ができた。

そして二年目の受診。首はとても綺麗だった。しかし腰の二番と三番の間に新たな狭窄症がみつかったので驚いた。あんなに気をつけているのに、運動も頑張っている

のに……とてもがっかりした。

ここまで良くなったことを喜び、元気に過ごせていることを自慢していた私は悲しくて、居たたまれない気持ちになった。

そういえば「脊椎疾患のある人は手術しても再発しやすいから気をつけなければならない」と本に書いてあったのを思い出した。やはり使い過ぎなのだろうか？

あるいは、これが私の体質で、私が背負うべき運命かもしれない、だから一病息災で、人並み以上に自己管理をしつつ生活するしかないのかも……。

手足のこわばりや違和感も未だ改善していない。

さらに、せっかく痛みが消えて楽に動けるようになった次にはアキレス腱を切るという事態を起こし、新たな改善課題が生じて、再びアンバランスな動きの日々を過ごす羽目になった。油断、慢心に違いないが、つまらぬことをしてしまったと我が軽率さを呪って落ち込んだ時もあった。

まったく人生には何があるか分からないものだが、皮肉にもいろいろな体験を通してますます足腰のことがよく分かるようになった。

この体験記がよいことばかりの報告でないので申し訳ないのだが、これが現実だ。

この章では回復過程の喜び、不安等を正直に書いてきた。この話はまだまだいろいろに展開していくだろう。どうやら私の人生は最後までドラマティックで賑やかかも。今後どんな「人生途上のまさかの坂」があるか……しかし何があってもすべてを必然として受け止めて、前向きに、面白く生きたいと思う。

第七章　手術談義　巷の話題

この章では「手術談義」「手術についての巷の話題」「腰痛情報」を集めてみた。巷ではいろいろな話題が渦巻いている。いろいろな視点から腰痛の治療や手術を考える拠り所にしていただくこともできるのではないかと思う。

また私自身の首や腰の問題についてさらに気づいた事を付け加えていきたいと思う。面白いことに、私が脊椎の手術を体験して以来、脊椎関係に問題を持つ人になぜかよく出会うようになった。その種の情報もよく入るようになった。私の体験がそういう人との縁をまるで結びつけているようだ。

①手術をしたけど……の話

「手術をした後、当分はよかったけど……」という話を時々聞く。

それが手術を敬遠する人達の大きな理由だと思う。

手術を控えたある日、買い物先の駐車場でいっぱいの荷物をカートから降ろそうとしていた人に出会った。

「そのカート借りれますか」

「ああ、どうぞ、助かります。腰が悪いからこのカート返しに行くのが辛いの」

カート置き場と車を停めているところが遠いと足腰の悪い人には辛い。

「私もそうなのです。だから助かります」

しばしその方と話し込んだ。同じように痛みを持っている人から何でもいいから情報を得たいと思っている私には貴重な出会いだった。

その方は七年前に有名な病院で狭窄症の手術をして、三年ほどはよかったけど、そのうち痛みが始まり、以来朝晩痛み止めを飲んでいるという。

「(筋肉強化のために) 体操かなんかしているのですか?」

「金を入れているから前にかがむことは禁止なの」と言われた。

「金を入れているのですか」

「大きく切っているのだから金を入れないと体が支えられないですよ」

「私も手術するのです」

「何歳?」

「六十七歳です」

「いい頃ですね。やはりあまり年を取ると体力が落ちるから難しいらしい」

今、七十歳と言うその方は六十三歳の頃手術をしたことになる。私の手術には補強は入れないということだが、あの方のように何年か先に痛みが出るということはないだろうかと心配になってきた。しかし、それでもその方は手術をしてよかった、しなければ歩けなかったと言われていた。

手術前に思わぬ情報入手に喜んだものの多少複雑だった。しかし、医療の進歩は日進月歩。だから先のことはあまり案じない方がいいかもしれないと思った。

②手術不信

狭窄症で困っている人の話を聞くと、手術体験で長い苦しみから解放され、幸せを感じている私は「手術も考えたら」と言っている。

しかし「手術は怖い、手術はしたくない」と言う人が大半だ。

足腰の痛みは命に作用しないから、後回しにしたいという気持ち、以前の私がそうだったからよく分かる。しかし闇雲に手術を拒否して治るチャンスを失うことはやはりもったいない気がする。……今だから言えることだが。

中には「狭窄症の手術をしても三割しか治らないからしないほうがよい」という医師もいるそうだ。それはあまりにも不勉強だと驚きより憤慨だ。

手術は怖いと思っている人に「体の負担の少ない手術方法がある。脳神経外科の医師は脳を手術する精巧な機器と腕で緻密な手術をするから安全らしい」と言ってもなかなか受け入れられない。

脳神経外科が脊椎を扱うことがどうしても信じられない人も少なくないようだ。「どこに行っても同じだ」「もう治らない」「もうどうしようもない」と前向きになれない人もいるのはなんとも残念で、気の毒なことだ。

「人は考え方や行動を変えるのは難しい」という心の法則があるが、なるほどと思う。発想の転換も新しい事へのチャレンジもなかなかのことなのだ。

病院の待合室や買い物などで小耳にはさむ「狭窄症は治らない」の嘆きや諦めの声に「あのう」とおせっかいおばさんを始めることがある。耳にしたらどうも放っておけないおせっかい癖。受け入れられるとは限らないがいつかは役に立つかもしれない。

手術不信はよい情報が届かないのが一番の原因だと思う。その点、医師達が地域に出向いて情報発信している地域健康講座は有難いことだと思う。

そこで最新医療の現役医師から正しい知識を得た人は手術に対して理解しやすくなる。十分な説明に納得して手術へ踏み切る人達が少なくない。

しかし、医師は時々嘆く。「丁寧に説明をして納得しても、隣のおじさんに〝危ないからやめときなさい〟と言われて中止する人もいる。専門家より隣のおじさんを信用されるのが残念だ」と。

③手術を怖れ過ぎるとかえって損をする

前述したが、一般に、狭窄症などの脊椎手術は動けなくなるほど悪くならないと手術は勧めないといわれるらしい。だから「手術をしましょう」とはなかなか告げられないから、本当にまだよいと思っている人が少なくないようだ。

そうしてだんだんと悪化して「もう年だから」「難しい手術になるから勧められない」となる。そして痛みをかかえてますます不自由な生活をするようになる。

そういう人は運動もできない。従って骨も弱くなり、いろいろな病気も併発してさらに悪くなり、やがていろいろな面で手術不能の状態になるという。

地域健康講座で医師達は手術の時期が遅くなり過ぎると「治りが悪い」「治るのは難しい」と適切な時期の手術を勧められている。

しかし、何でもかんでも手術を勧めているわけではない。精密な検査をした結果「まだ手術は必要ないです」と薬や運動などを勧められている人も少なくない。

また、「できれば手術はしないに越したことはない。そのためには平素からロコモティブシンドロームを防ぐために体操をしてください」とも医師達は語っている。

私は最初の受診で「即手術」だったから相当悪かったのだと判断した。しかし手術への恐怖は拭えなく躊躇していた時期もあった。特に首の時はそうだった（その後体験したアキレス腱の手術後の痛さと回復時の不自由さの方がよほど大変だった）。

私は首が悪い自覚がまったくなかったので手術の必要性が信じられず、なんとか避けたいと思った。しかし、首の病気についてインターネットで調べた時、侮ってはいけないことがよく分かった。首の病気の恐ろしさに足を掬《すく》われる思いだった。

そして手術後の回復で体調の悪さの原因は腰より首の方が大きかったかもしれないことに気づいて、首も手術をしてよかったとつくづく思ったものだ。

いつまでも続く手のこわばり、足の裏の強い違和感、それらの原因は主に首の方だろうなと後に医師から言われたが、確かに腰の狭窄症の人でその症状を訴える人に私はまだ出会っていない。

首の悪さは静かに忍び寄る癌のように、気づいた時にはかなりひどくなっている。しかも神経がどう働いているかは画像でも分からないから、始末に負えない。

足腰の痛みに対して誰からも首の治療が必要だと言われなかったが、首の改善治療なんて、そもそも本当にあるのだろうか……？

首もあまり症状が進むと改善はかなり難しい。「首の悪いのは手術しか治せない」と言う医師もいる。

何回も述べているが、神経系は悪くなりすぎると元には戻りにくい、または戻らないということからして、私ももう少し早く脳神経外科に出会えていたら、せめて半年も待たないで早く手術ができていたら……と今さらながら残念に思う。

現に最初に診断を受けて手術までの半年の間に、頸椎のＭＲＩの画像も体調も悪化していたのだから。

しかし、私が手術を受けた病院は、その後入院患者専用の新しい病棟が建ち、脳神経外科の手術枠が増えて、以前ほど待たなくても手術が受けられるようになったようだ。

それは患者にとって有難いことだ。なにしろ手術を受けたい患者の多くは命には別条ないが、かなり悪い状態の人だと思うから、できたら早く受けられる方がよいのだ。だが、医師や関係者の方は超多忙になり大変だ。心から感謝の一言だ。

あれだけ手術を敬遠していた私は、膝が痛いといつも眉をしかめて嘆く知人に、「そのままだと別なところも悪くなるから思い切って手術をしたら」と勧めた。

手術は絶対しないと強く言っていたその方はよく考えてその後手術を受け「してよかった」「痛みが無くなった」と喜んでいた。明るい顔つきにほっとした。

手術がすべてではないけど、完全に治るとは言えないかもしれないけど、手術を怖れて避けるのは馬鹿げたことだと今は思う。医療は日進月歩で驚くほど進んでいる。

なお、その方は手術前から痛いながらもカーブスで運動をしていた。その結果、足腰にもしっかり筋肉がついていて回復が大変良いと医師が驚いたそうだ。

私の受けたカギ穴手術も患者にとって体の負担の少ない夢のような手術だが、しかし患者のすべてにカギ穴手術が実施できるわけではないようだ。

やはり症状によっては従来のように大きく切って固定のボルトを入れなければならない人もいる。

病院の待合室にいると実にいろいろな方に出会う。「今度は背中に、支えを入れなきゃもたない。胃が圧迫されて苦しい」という人にも出会った。

さまざまな疾患がいくつも重なっているために一度で手術できず、数回に分けて手術をしなければならない人もいた。

「症状が進むとさらに腰椎の変形が進み、次の新たな問題を生む可能性が高くなる。まさに将棋倒しのように問題が次々と出てくる」と語る『腰痛手術はこわくない』の佐藤秀次医師の言葉は非常に貴重な言葉だと思う。

その本に書いてある重要な要点の三つを次に取り上げてみた。

一、手術を畏れてはいけない……手術用の高性能の顕微鏡によって最近の手術は非常に簡単に安全になっている。
二、手術の時期が遅くなってしまって、治るものが治らなくなっていく。
三、再手術も恐れてはいけない。

④もう年だから……高齢者でも受けられる手術

「もう年だから手術はできない。諦めて上手に付き合いなさい」という話をよく聞く。年だから仕方ないことかもね、と私も思っていた。

しかし、体の負担の少ない低侵襲の脊椎手術では年を取ってもできるから諦めないようにということで、かなりの高齢者が手術を受けているということを地域健康講座で知った。このことも多くの人に知って欲しいと言われていた。

高齢者の疾患は命が先か、悪くなるのが先か分からないけど、いったん悪くなると痛めた神経は「覆水盆に返らず」だ。だから「治療も手術も適切な時期に」ということの理解は本当に必要だ。

『腰椎手術はこわくない』の佐藤医師は「**『高齢者だから腰椎手術は無理』というのは時代遅れ**、九十歳で手術を受けた人もいる」と言われている。

岡山済生会脳神経外科で手術を受けるという近所の八十四歳の方に出会った。私の担当医とは違うが、同じ脳神経外科ということの仲間意識でお会いした。

八十四歳ということに驚いたが、Cの字のような背中の姿にもさらに驚いた。

なんとか楽になりたいと自分の脊椎を治してくれる医者を長年探しまわったそうだが、どこでも「年だから」と相手にされなかったと言う。

そんな中、新聞で見つけた岡山済生会脳神経外科の体に優しい手術の記事を最後の頼りに出かけたそうだ。

「こんなにひどい状態を見たことがない。あなたの手術、本当はしたくない」とまでその医師から言われたが、引き受けてもらったと話していた。

その方の決断、というか度胸というか勇気というか……驚いた。果たして私ならどうするだろうか、もう年だから仕方ないと思ってしまうだろうか？

「できたらしたくない」と言われた医師の本音も分かる気がする。

そしてそこまで言われても手術を決断するとは、「恐れ入りました」としか言えない。脊椎の手術など生半可な気持ちでできるものではない。相当な覚悟が必要だ。だからその方の覚悟は相当なものだと思った。

その方の決意には理由があるそうだ。いつも信心している神社で「よい先生に出会いましたね。痛みがとれますよ」と言われたそうだ。

どうやらそれがその方の治るという強い確信になっていたようだ。そこまで信じて頑張ろうとする姿にもう感心するばかり。あの覚悟には神様もきっと応援して下さるはず。絶対に成功して、そして元気で長生きして欲しいと思った。

その後、その方は手術を受けた。一回目は横腹からの腰の手術、二回目は胸椎で背中の手術。手術後は腰も背中もまっすぐ伸びたが、固定するための金具を入れているということ。

その後回復リハビリの病院で何回かお会いして、元気な姿に安心した。

ただし、腰をかがめる草取りなどは禁止。背中を丸める動作も不可なので、日常的には少々不便らしい。まあ、痛くなく生活できれば、それだけでも手術してよかったのではないかと思うが、ただ日常生活が楽になる本当の回復には時間がかかる。手術は成功しても体はすぐに万歳状態になれない。

時々その方の家を訪ねて様子を伺っているが、初めは痛い、歩きにくいと嘆く様子に心が痛んだ。そんな状態で手術をしたのがよかったのか……なんだか気の毒な気がした。できるだけ外出を勧めたが、外出もなかなか大変な様子。

それほどの高齢での大手術は気力的、体力的に大変なようだ。常に心と体のケアをする人が近くにいなければ生活するのは大変だと思った。

年を取るほどに、痛めた期間が長いほどに、治るために手術後は過酷な関門を通り抜けなくてはならないのだ。

半年後にお会いすると以前より明るくなっていたので安心した。「四十五度曲がっていた腰がまっすぐ伸びたからといって、すぐに足が前に出て歩けるようになるものではない、ゆっくりしたペースで歩く練習をしなさい」と医師から言われて、元気を取り戻したようだ。週一回、デイケアにも行っているという。

その後「あれだけ痛かった足のしびれと痛みが少なくなった。こうして立って話ができるようになったから有難い」と喜んでいた。私はその回復を心から祝福した。「よかった！」自分の母のことのように嬉しかった。

その半年後、今まで草取りをしていたという元気な姿に会った（草取り姿勢はその種の手術の人にはよくないらしいのだが）。車も運転していて、リハビリ体操には週二回通っているというので私はまたまた安心した。

それでも「最近膝が痛くなった」と嘆かれていたので、「それこそ年を考えたら当たり前ではないですか」と言うと笑った。年を取っていくことを忘れて、元気なひと昔前と比較して嘆くのはみんな同じだと私はおかしく思った。

八十六歳で首と腰の狭窄症の手術を受けた知人の母。かなり高齢だがこれからの楽な生活のために手術を選んだという。この方も長年の医療難民。

「手術をしましょう」と後押しして下さる医師を信頼して手術に臨んだそうだ。

その方は今まで医師からは手術のデメリットしか聞いたことがなかったが、初めて手術をした後のメリットを丁寧に説明され、感激して手術を決意したという。

そしてたとえ失敗があったとしても親戚一同に対して「決して医者に文句を言わせません」と告げたそうだが、大成功だった。

そして紹介者の私はその方とその方の家族からずいぶん感謝された。

「もう年だから仕方ない。諦めて痛みと仲良く付き合って」は随分残酷な言葉だと思う。人生の最後は痛みも少なく、爽快に過ごしたいものだと切に願う。

⑤後縦靭帯骨化症の人との出会い

頸椎が**後縦靭帯骨化症だという**人に出会った。骨化症は脊椎の靭帯が骨化して脊椎神経を圧迫する難病指定の病気。頸椎だけでなく、胸椎や腰椎にも起こり、しかも前靭帯、黄色靭帯部分にも起こるが、頸椎の後縦靭帯は特に多いらしい。

よい医者を求めて、遠い所まで受診に行っていると聞いたので、済生会脳神経外科の受診を勧めてみた。私の主治医は骨化症の手術を得意としているということを聞いていた。医師は世界的なヒップホップ、ブレイクダンサーのＩＳＯＰＰさんが手術を受けて、回復し、今も第一線で活躍していると話されていた。

その後、受診したその方から「医師から見事な骨化症だと言われた。しかしまだまだ手術は不要だそうです」という喜びの声を聞いた。

その方は二番から七番までの後縦靭帯が骨のように硬くなっている重度の障害ということだ。

しかし、それが幸いして、神経管の中にある脊髄にまったく当たっていなくて、症状としてはとても軽く今は生活に困らない。頸椎にある後縦靭帯が鉄柱のように支えになって難を逃れているということだ。重度の症状でもまったく災いしない、大人しくしているものを起こす必要はないということらしい。

このまま一生難儀なく過ごせるかもしれないということだ。「不幸中の幸い」とはこのことか。「まさに奇跡だね」と驚き、「よかったね」と共に喜んだ。私のすべり症も大人しくしていてくれたら有難いものだと思った。

なお、手術に成功して喜んでいる人の声が広がって後縦靭帯骨化症で岡山済生会の脳神経外科を受診する人が大変増えているという。後縦靭帯骨化症は大変難しい手術。頸椎後縦靭帯骨化症の人も手術後の回復リハビリは大切だと医師はいつも言われている（骨化症は第十章でも説明）。

□ＩＳＯＰＰ《イソップ》（本名・丸山悟史）さんにお会いして

第五十回地域健康セミナー（奈義町で開催）で初めてＩＳＯＰＰさんにお会いした。手術を受けて二年、現在ほとんどよくなってまたダンサーとしてご活躍だが、仕事の合間にこのセミナーに参加して自らの体験を語り、ダンスを披露されている。

とても十七時間の大手術をしたようには思えないダイナミックで、しかも繊細なダンスに私は心から感動した。聞けば左の手足のしびれから始まり、右手足、そして手すら上がらなくなるという苦痛の状態でも踊っていたそうだ。

後縦靭帯骨化症という難病であることが分かり、その治療に三人の名医を訪ねたが、救いはなく「極端に細くなっている頸椎神経を守るために転ばないように、動かない生活を送るしかない、転べば死ぬ」と言われたそうだ。骨化した靭帯が脊椎神経を圧迫して一㎝の神経が三㎜ほどしかないのだった。

踊ることを諦めきれない彼はインターネットで探しまくって岡山済生会脳神経外科の医師を見つけて手術を受けた。まさに命がけの手術に臨まれ、大成功でその後ダンサーとして復活、活躍されているのだ。

私にはこれまでまったく関心のない世界の人だが、お会いしてお話を聞いているうちにとても魅力を感じた。「まだ全部が治ったわけではない、手と足のしびれもまだ少し残っている。でも生きているだけで感謝」と心から快復の喜びを語るISOPPさんの顔はとてもやさしい！　そして明るく輝いていた。

「世界チャンピオンになった二十代ではこの難病を受け入れることはできなかったと思う。三十代の今だから受け入れることができている。自分の技が成長した分、それに見合った大きな試練がやってきたと考えています」と語る三十九歳の若者の姿は、病に苦しむ多くの人を勇気づけると思う。

彼の言葉の一つ一つに心から共感した私だが、ISOPPさんのブログにはその素晴らしい言葉がたくさん載っている。情報はインターネットに多数掲載。

⑥再手術

以前、整形外科の待合室で待っている時、「○○回目の手術を受ける」という話が聞こえてきた。手術に関して知識のない私は同じ手術を何回もやり直すということはどういうことだろうかと不安になって聞いていたが、そう珍しい話でもないようだ。固定したところにズレが起きて再手術だということだ。

手術の後、数カ月後堪えきれない痛みが出てきた人がいた。手術をした病院で調べたが異常はないということだった。それでも痛いと言うので、リハビリが足りなかったのではと私は思った。しかしその方は私の手術の成功に関心をもって脳神経外科を受診し狭窄症の再手術をされた。

そのことで担当医に「他の病院で手術をした人でも、ここでやり直しの手術ができるのですか」と尋ねると「できます」と言われた。

「金を入れている人もできるのですか」

「しますよ、ただし大変だけどね」と答えられた。

「固定しないカギ穴手術では再手術はありませんよ。固定をするとそこが緩んでそういう事態になる場合があるけど、何も固定していないカギ穴手術では大丈夫。二十年もつかと言われると分からないけどね」とも言われていた。

『腰痛手術はこわくない』には「再手術を畏れて手術を拒否するのは考え物である」「再発をするかもしれないから、と先の心配をするよりも、現在の問題をきちんと解消することに全力を尽くしましょう」とあった。

さらに「再手術には、手術部位に誤りがある場合、部位が正しくても神経根の圧迫が完全に除去されてない場合がある」そして「ヘルニアや狭窄症やすべり症は再発頻度の高い症状です。これらの病気を発症した人は、再発の危険を念頭に置いて生活すべきです。あれもしたいこれもしたいと欲張らず慎重になることです」。この指摘は私にとって非常に耳の痛い言葉だが……私には実に難しい。

別な場所に、別な問題が生じて再び手術ということはよくある話らしい。私の主治医もそのように言われていた。ただし、首の再手術は今まではなかったという。

前述したように私も手術の二年後に別な場所が狭窄症になっていた。これは大変ショックな話だったが、やはり手術をするほどの脊椎疾患を持つ人はその分野に体質的弱さがあるのかもしれない。再発しやすいのかもしれない。

⑦難易度の高い手術と医療の進歩

科学の進歩は日進月歩、医学の進歩も日進月歩。弟の膵臓癌の治療も目を見張るものがあった。抗がん剤治療も家でできるなんて！

結局弟は助からなかったが、驚くことばかりであった。

私の体験した「カギ穴手術」も画期的な手術法だが、腰の手術を横腹からする最先端の手術方法もある。

八十四歳の高齢で腰の手術をした方は横腹を切って腸や腎臓を避けながら行う方法だった。手術も安全で、痛みも合併症も少なく、回復も早いという。

私の主治医も背骨が横に曲がる側弯症、腰椎すべり症は、内臓を避けながら、そのような方法で行うと言われていた。それを**「バランス手術」**という。

大きな手術になるらしいが、それでもできるだけ体の負担の少ない低侵襲手術を行っている。出血も少ないそうだ。そんな医者の気配りも有難い。

確かに腰は体の要、腰の周りにはたくさんの筋肉が何層にも、幾重にもつながっているから手術後のクオリティー（質）も考えなければ患者は辛い。

人体図を見ると、腰椎は体の中の方にあることが分かる。後ろからするより横腹からの方が患者の体の負担は少ないそうだが、なんと凄いことを考えるものかと驚きだ。まるでバーチャルの世界、プラモデルの分解と組み立てのようにいとも簡単なようだが、手術をする医師にとっては神経をすり減らす大仕事だ。

血小板が少なくて薬で血小板の数値をあげてこの大きなバランス手術を受けた知人がいる。血小板が少ないと出血の時、血が止まらないので大変なのだ。

骨粗しょう症で骨が弱く、骨を固定するのが難しい患者もいる。

そんな大変な話を聞くと、私の手術など全く目じゃない話だ。自分の手術体験を語るのも、手術が怖いと恐れるのも恥ずかしいと思えてくる。

テレビで驚異的治療をみた。脊椎損傷の治療に、自分の脳脊髄液を利用して再生させる鈴木義久医師の治療方法。再生不能と言われる神経を、しかも手術しないで再生させる方法で、すでに成果はたくさん出ているという。

現在バイク事故の多いベトナムでよく実施されているという。早速インターネットで調べてみると載っていた。ただし、この方法で回復できる状態には限度があるらしく、痛めた時間が長いと回復は無理だということなのだ。私の痛めた神経の回復に役に立つかもとちょっとばかし期待して調べてみたが残念！

しかし、最近は再生医療の研究が進んで、しかも実用化に向かっている。絶対再生不能と言われた脳細胞を回復する薬も開発されているという。また脊髄医療再生の薬も開発が進んでいるといわれている。痛めた神経の回復も夢ではない時代が来るかもしれない。なんと有難い話であろうか！

「手術をする医師を選ぶ時、今までどのくらいの経験があるかを調べたらよい」

とはよく言われることだ。確かに、その医師がどのくらいの経験があるかは患者にとって重要な問題だが、そうはいってもその判断は患者には難しい。

私の主治医のカギ穴手術はそれまで首が今まで百人ほどで、腰は数えられないほどたくさんの実績があると聞いているが、首の時は特に怖かったので最初の患者は誰だろうと考えた。そして、第一号の患者がいればこそ、今日の私がある。最初の患者さんに心から感謝した。

医療の進歩の陰には、多くの研究者や医師のご苦労、そして患者側の不安やまた犠牲もあったかも、と思うと有難さがますます増してきた。

脊椎の手術前に白内障の手術を受けた。目の中の小さな瞳の水晶体を切ったり、貼ったりだから、どんなに細かい作業だろうかと思っても想像できない。

私の首も腰も細かな手術。顕微鏡を見ながら、実に器用に道具を扱われるようだが、全部医師の手がしているのだ。特に外科医は手先が器用でなければできない仕事だとつくづく思った。それに集中力、根気強さ、熱意、使命感、倫理観……。

医者は頭の良さだけではとてもできない仕事だとあらためて思った。

地域健康講座では脳神経外科の医師が最新の医療を素人にも十分分かるように説明されるが、どの医師もとても熱心。よい医療を目指して日々研究努力されている医師の姿に有難くも頼もしくも思いながらいつも拝聴している。

その地域健康講座には、他県で活躍の優秀な医師が指導の仲間入りをされることが時々ある。学会のついでに立ち寄ったと言われた東京の脳神経外科の医師が「地方から私どもの病院によい治療を求めて来られることがあります。しかし東京だからよい医師というわけではないのです。地方にも素晴らしい医師がたくさんおられます。私は〝わざわざ東京に来られなくてもあなたの地方にこんな素晴らしい医師がいますよ〟と逆に紹介するのですよ」と言われていた。

地方に住んでいる者はよい医師にかかることができなくて損だと思いがちだが、それは間違っていることを知って、少し安心したものだ。

現に私のお世話になっている済生会の脳神経外科には北海道や東京からも手術を受けに来ていると聞いている。

なお、岡山済生会総合病院脳神経外科では現在三人の脳外科の医師が協力して脊椎手術を行っているので、どの医師を受診しても同じだということだ。

⑧腰痛に潜む怖い病気

腰が痛い、足が痛い、背中が痛い……といって軽く考えると思わぬ命とりの病が潜んでいる場合がある。私が知った話を紹介しよう。

私の従兄は腰の痛みを訴えて入院した。原因も分からぬまま改善もなく、二カ所の整形外科に七カ月入院していたが、実は骨髄癌だった。六年の闘病生活を経て、昨年亡くなったが、癌だと専門家でも長い間気づかなかった。

足腰の痛みが実は盲腸癌だった知人もいる。内科のエコーで分かった。結局癌も取り切れず、転移もあり、三回も手術を受けた。一部神経を取ったため歩きにくいのをリハビリで克服して歩いていたが、亡くなった。

腰痛が婦人病であった場合も聞いた。腰が痛いということで整体を受けていたが、実は卵巣癌だった。末期で間もなく亡くなったという。

その方の家族から「腰痛だと軽く考えないで、婦人科に行ってよく調べた方がいい」とアドバイスをもらい、私も早々に婦人科に行った。

背中の痛みや腰の痛みの本当の原因が大腸、腎臓病、膵臓、心臓病等の内臓の場合も少なくないようだ。私の弟も腰や背中の痛みで病院に行き、膵臓癌だと分かった。ステージ四で、三カ月の治療生活で亡くなってしまった。背中や腰の痛みは侮れないこともあるので、きちんと健康診断をした方がよいと思う。

夫が腰の激痛で、もしかして動脈解離かもと慌てたが、そうではなかった。

しかし、元気そうだったのに突然亡くなった知人がいる。前日ひどい腰の痛みがあり、調べると動脈解離で血管が破裂していた。その方はかなりの高齢だった。

予期せぬことで腰痛の痛みから解放された話もある。二十年来狭窄症で苦しんでいた私の叔父は緊急胆石手術を受けた。なんと、その後あれだけひどかった腰痛が解消、三年後にはしびれも消え、現在ルンルンで暮らしているのだ！

腰椎狭窄症とよく似た病気に「**末梢動脈疾患（PAD）**」という病気がある。手や足の血管に動脈硬化が起こり、しびれや痛みなどさまざまな症状がある。この病気は放置すると**脳梗塞**や**心筋梗塞**など命にかかわることがあるので、循環器内科や血管外科での診察が必要。足の血圧（ＡＢＩ検査）を測ることで簡単に分かると聞いている。

出前講座で知り合った人が朝起きると足腰が辛いと話していた。急激に痛くなったらしい。首から肩、膝も相当辛いようだが、近くの病院では何の病気か分からないということだった。そんな会話からとにかく精密な検査と診断を勧めた結果、リウマチ多発筋痛症だった。膝にカルシウムがたまっていたという。カルシウムの付着が痛みとなっていたそうだ（神経内科を受診）。

リウマチの症状を調べてみると、朝起きると体が痛いとかこわばりがあるとか腰痛などの症状とも少し似ていたから、素人は間違えるかもしれない。

パーキンソン病という脳の病気の人も腰痛を訴える場合があるらしい。歩き方や動作が遅い、無気力等の症状のある人は腰だけではなく、脳も調べてみる必要がある。

また、歩行困難、腰痛、手足のしびれや痛みがあるにもかかわらず原因が不明で治療方法もないと困っている方も少なくないようだ。それは「噛み合わせ」が原因かもしれないということを地域健康講座で知った。それについては第八章で紹介したい。

⑨狭窄症のいろいろな症状

調べてみると、狭窄症の症状は人によって違いがあるようだ。これは狭窄症だけでなくどの脊椎・脊髄疾患にもいえること、痛めている場所によるらしい。

一般に狭窄症の特徴は「間欠跛行（または間歇性跛行）」という歩行障害。姿勢を正してまっすぐ歩けない。ひどくなると杖やカート等の支えがなければ歩けない。しばらく休むと歩けるが長い時間は歩けない。

仙骨から下肢にかけての神経が痛む坐骨神経痛の症状も出る。足の裏のしびれ、足首から脛《スネ》にかけてのしびれもある。片足、また両足にも出る。

病院の待合室に座っていた隣の方は、「足にしびれが出るので、ここのしびれ外来がいいと紹介されて来ました」と言われていたが、なんとその方は二、三時間でも平気で歩けるそうだ。山登りもするという。その方は狭窄症だといわれていたが、狭窄症の人は長時間歩けないはず……不思議だなと思った。

　歩く姿勢も「くの字」ではなく、まっすぐ歩ける人がいる。私は症状が悪化するほど腰の姿がくの字になっていった。人から腰が曲がっていると注意されて直しても自然とそうなった（くの字に固まった筋肉の改善は相当難しい！）。

　私より重症と思っていた知人に会ったとき、彼女は腰が曲がっていなかった。しかし度々横になるという生活を長年しているらしい。

　長年狭窄症で困っていた叔父も腰は曲がっていなかった。狭窄症なのに腰が曲がらない人もいるのだと驚き、不思議に思えた。

　腰はまっすぐだが、足の感覚がないほどのしびれを持っている人もいる。足の感覚がなくてスリッパが履けないという人もいた。

　私は狭窄症からの坐骨神経痛の症状が強かった。仙骨から両足の側面にきつい痛みが走っていた。特に右側の激痛にはかなり悩まされた。

　また痛みは圧迫される神経の箇所が深いところにある場合より、体の表面に近いところにある場合の方が強い痛みがあるとも言われている。痛みが少ないからといって決して安心してはいけないのだ。状態が軽いわけではないのだ。

また、椅子に座ることができないという人もいるが、私は幸いに長時間椅子に座ることができたので、二時間くらいかかる岡山への病院通いができた。旅行もできた。しかし私は常に支えがなければ立つことも歩くことも困難だった。

すべり症は座位や立位時に痛みがひどいと書いてあったが、座れないほどの痛みは狭窄症だけでなく、すべり症等の症状が組み合わさっての痛みなのかもしれない。

私は腰と首のダブルパンチの打撃だったから人より症状はきつかったのかなと思う。腰だけ、首だけだったらどうだったのか？

第八章　痛みとしびれ、こわばりの改善対策

手術が成功して、回復も順調なのに、私には執拗に付きまとう頑固な痛みが残っていたので、これから先の改善には運動と共に現代医療とは違うアプローチを必要としているのではないかと考えた。そのことにふれてみたい。

㈠　頑固な痛みの改善放浪

①痛みの緩和

「足腰の痛みの原因となるものは脊髄の中の神経と筋肉の神経がある。筋肉の神経は脊髄から出ている神経根が枝分かれして筋肉の中を通っている。

筋力の低下等によって痛めたその神経は我々のような治療家の治療で改善できるけど、脊柱管の中を通っている神経の治療は我々ではどうしようもない」と以前からお世話になっている整体師が言われていた。

私の場合、その脊柱管の神経の改善はできているのに痛みが引かないのは、もはや筋肉の中の神経の問題なのかもしれないと、今度は整体関係に救いを求めてあれこれ放浪した。筋肉や骨等のわずかな歪み、筋肉や靭帯等によって起こるしこりによって神経や血管が圧迫されて痛みが出るという問題は結構多いようだ。

前述したように、手術一年後、長引く私の頑固な痛みの緩和にマッチングする治療院にやっと出会った。そこで筋肉マッサージと共に筋肉の調節を受けた。

施術師は「微調整」という言葉をよく使っている。まさに筋肉の細かな歪みの微調整が私にはよく合うように思ったが、その効果は長くは続かない。

その施術師は「手術は成功しているのだから、よっしゃ今度は私の出番だと思っていたのですがね……」と私の頑固な痛みの改善の難しさに困惑されていた。それでも治療すると楽になるので私は時々行って調整してもらっていた。

以前、「いつまでも痛むところがあります」とリハビリの診察の時、整形外科医に尋ねた。するとレントゲンを見ながら「脊柱管は綺麗で、骨の歪みもズレもないです。足腰が痛いのは骨がきしんでいるから。骨や筋肉がきしんでいるのを改善するには運動しかないですね」と言われたことがあった。

「きしんでいる」という言葉がおかしかったが、なんとなくよく分かる表現だと感心した。つまりバランス調整とは「きしんでいる」状態を回復させることかと思う。

②痛みの震源地

話題の筋膜調整も受けた。なんとか根本的に痛みの改善をしたいと治療の放浪だ。そこでその頑固な痛みの原因は若い頃の卵巣嚢腫の手術の跡、昔の古傷が関係しているのではないかと言われた。そういえば整体では他でも古傷という言葉をよく聞いた。古傷はかなり後に悪さをするらしい。

狭窄症をきっかけにその辺りの萎縮が強くなったのかもしれない。そこでは主にお腹の傷跡と仙骨の筋膜調整を受けた。

柔道整復師の治療も受ける機会があった。長引く痛みは狭窄症とは関係ない他の問題で、お産で歪んだ骨盤の問題も絡んでいるのではないかと説明された。

確かに四人目のお産の後、仙骨辺りの冷えや違和感に悩まされた時期もあった。子宮が下がってきたのではないかと不安になった時もあった。最近は産後の骨盤のケアが大切だということが言われているが、当時は理解していなかった。

いつまでも残っている痛みのために、さまざまな人の治療を受け、さまざまな見解を聞いてきたが、痛みには筋肉のこわばり、筋肉疲労、筋力低下、筋肉や骨等の体の歪みが関係している、ということは共通の見解のようだ。

『腰椎手術はこわくない』の佐藤医師の次の言葉も貴重な言葉だと思う。

「腰椎変性疾患に伴う腰椎や骨盤の変形・歪み、さらに筋肉のアンバランスは慢性的な痛みを軽くして歩行を維持しようとする過程で生じます」

つまり、腰椎の疾患があるからその痛みをかばうことで腰椎が変形し、姿勢の異常、体の歪みが起こるということだが、まさに将棋倒しだ。

また一方では、生活習慣で体を歪ませるから脊椎が変形する、その変形がまた将棋倒しになる、という見方もできると思う。

③私の失敗・無理は痛みを増長させる

いろいろな治療や運動のおかげか、時とともにいつもの頑固な痛みは軽減した。そして一年半ほど経つとほとんど痛みが起こらなくなった。それでも、何故か強い痛みが起こることが時々あった。

痛みが強く起こるのは痛い部分に過剰な負担をかけているのではないか、それは何かと考えたが、その原因が長い間分からなかった。

ある時、筋肉強化のために喜んで通っているカーブスの筋トレの中に私には強過ぎるものがあるかもしれないと思った。

運動中や直後には痛くないので今までそのことにはまったく気づかなかったが、一度痛めた筋肉は過敏になっているから、負荷がかかり過ぎるとだんだんと炎症が起こり、痛みになるのかもしれないと思った。

そこで心当たりの二つの器具を中止し、全体的に頑張るのを少しやめた。ストレッチも控え気味にした。そうすると辛いほどの痛みがほとんど無くなった。

猪突猛進型の私は、やはりちょっと必死になって頑張り過ぎていたようだ。

筋肉は負荷をかけることで超極細の筋繊維が一度切れて再生され、そこで強くなっていく。その繰り返しで筋肉繊維が太くなり、だんだん強化されるという。

しかし、一度痛めて治りきっていない筋肉は、負荷をかけ過ぎると強化の前にさらに痛むのかも。**だから無理をせず、負荷をかけ過ぎず、あせらず、ゆっくり回復するのを待ちながら鍛えることが重要だとよく分かった。**

これは四十肩や五十肩といわれる現象とよく似ている。動かさなければ固まるし、過激な運動をし過ぎると痛める。体に合った適切な運動が大切なのだ。

筋肉強化の効果は四十八時間かかるらしい、二日に一回が適当だと言われる。

④未知なる体

ところで、なかなか改善しない痛みには「上殿皮神経」という末梢神経が関与している**「上殿皮神経障害」**があるということを最近知った。

インターネット掲載での説明によると「背骨と臀部の上部の表面を結ぶ神経で、臀部の皮膚感覚を支配していて、左右に五、六本ある。臀部の皮下脂肪組織に埋まっていて極細の神経。その神経が骨盤の腸骨稜と腸腰筋膜を乗り越える際に圧迫されることで起こる神経障害のこと。原因のわからない慢性腰痛の一割にこの神経がかかわっていて、さまざまな脊椎疾患と合併しやすい」とのこと。

これを読んで、私の痛みはこれも関係しているかなと興味をもったが、治療される医師も少なく、治療しても完全に痛みが取れるわけではないらしい。

「多裂筋による腰痛」というのもあるのが分かった。体の深部・椎骨につながっているコアマッスルと呼ばれる多裂筋は背中の回転や屈伸など体を安定して動かすために大きな働きがあるが、その多裂筋の機能不全で体に痛みが起こることもあるらしい。それもまた治療できる人が少ないようだ。痛みの原因は実に多様なことが分かった。まったく我々の体は未知なるものとしみじみ思う。

脚を切断した人が「脚が痛い」と訴える話がある。脚は無いのだから痛いはずはないのだが、その脚の痛みを脳が覚えているからだと説明されている。

ある時「顔をまっすぐにして立って」と言われた。私はまっすぐにしているつもりだが、少し左に傾いているらしい。そこで言われるままに少し右に傾けると強い違和感を覚えた。とてもそれがまっすぐだとは私には思えないのだった。

すでに自分がまっすぐだと記憶しているのは脳なのか筋肉なのか、一度覚えた感覚を変更することは本当に難しいようだ。つまり、いろいろに感じる違和感は治そうとしている体と脳の記憶のせめぎあい現象かもしれないと考えた。

自分の体をいろいろと観察している私だが、医師から「あまり気にしないように」と言われた。そうか、脳が痛みのことばかりに反応するのかもしれない！

脳に記録された痛みの除去はなかなか難しいようだ。

手術は成功しているのに、痛い痛いと嘆く患者の声に医者は当惑されていると申し訳なく思うのだが、痛いことは辛いのでなんとかしたいと私達は駆けずり回る。

⑤噛み合わせの悪さは万病のもと

「あなたの頭痛、腰痛、肩こり、耳鳴り、メニエール、鬱病、歩行困難、体の歪み、手足のしびれ、認知症、それは噛み合わせが関係しているかもしれない」

第七章で少しふれたが、地域出前講座では歯科医も参加されて噛み合わせの大切さを熱心に説明されている。二十七年以上も、噛み合わせの影響について研究され、治療に当たっておられる岡山市の現役の歯科医池上孝医師だ。

人間の頭の重さは五～七kg、下顎の重さは約一kg。二足歩行の人間の体のバランスは体の一番上にある頭と顎で取っている。噛み合わせが悪いと頸椎二番にズレが起こり、顔が歪み、体がねじれる等のバランス異常が起こり、筋肉がこったり、足腰、膝等体の各部に問題が起こると説明されている。

噛み合わせの改善によって先に述べたような体の不調の改善の様子を医師が撮った

映像で見て驚いた。噛み合わせが脊椎の問題、内臓の問題、認知症にも関係しているとは……なんということだろう。

噛み合わせはドライマウス、耳鳴り、睡眠、排便、夜中の頻尿にも関係している場合があるらしい。噛み合わせの影響はなんと多岐にわたるものかと驚きだ。

歯の問題に悩んでいた私の知人は池上医師の噛み合わせ改善治療によって、長年の強い肩こりが解消したことを喜んだ。さらに熟睡ができるようになり、思わぬ体の改善に感激して、噛み合わせの大切さを知人達に普及している。

この噛み合わせの改善は専門医の治療にゆだねるしかないが、口や舌、顎等の筋肉の運動をすることで血流をよくすることが健康促進に役立つという。

最近知られるようになった「パ・タ・カ・ラ」や「ア・イ・ウ・べー」の口の体操。しっかり口を開けて声を出す口の体操のこれらは顎の上下運動にもなり、なんと歯並びの改善にも役立つという。また、べーと舌を強く出すことで喉も鍛えられて誤飲・誤嚥予防や風邪予防にもなるということを歯科医も耳鼻科医も話されていた。実際にこの体操でインフルエンザの蔓延を防いでいる学校もあるという。

なお、池上歯科医について詳しくはインターネットで検索されたい。

(二) しびれ、こわばりの改善探求

手術が成功して痛みが取れても、しびれはなかなか治らないというのが巷の定説のようだ。そこでしびれについてももう少し追求してみたい。

①しびれ、こわばりの原因

首の狭窄症の手術で最も期待していたのが手のしびれ、こわばりの改善だった。そのために首の手術をしたのに、なかなか改善しないのはやはりショックだった。

もしかして、違う病気なのではないかと、インターネットを調べたがどうにも関係する内容には出会わない。

リウマチ関係かと病院で尋ねたことがあるが、「それはない」と内科でも整形外科でもはっきり言われたから大丈夫なようだ。

私の手の問題は脊柱管の中の脊髄が圧迫されていることが原因ということだったが、

しびれと称する現象の原因は一通りではないようだ。『脊椎手術はもう怖くない！』には種々のしびれが分かりやすく説明されていた。腰椎、胸椎、頸椎での神経圧迫が重複している場合もあるらしいし、圧迫も脊椎の何番の場所か、あるいは脊髄神経が圧迫されているのか、脊髄からでている神経根が圧迫されているのかによっても症状が違うらしい。

手の平や肘、腕の付け根の神経に原因がある場合もあるようだ。しびれの原因を探るのも、治療もなかなか難しいらしい。

神経の問題は多岐にわたる原因の可能性から、違うというものを一本一本除いていくしかないと前述の本で説明されていた。そして、たとえ分かっても完全に治るとは言えないらしい。神経の回復にはかなりの年数を要するということだ。

②私の症状「しびれ、こわばり」

私の手の症状はしびれというよりこわばった感覚。表面に接着剤を塗り込んだような、時には凍傷にかかっている感じがする（しびれ感も多少ある）。

右側の親指、人差し指、中指から手首の範囲が私の問題。右手は常に使うからそれは不便である。左手は指の使いにくさ、握力の弱さが気になった。

どういう時にこわばりが強くなるのかを気にしているのだが、それが分からない。いやになる強いこわばりは不定期に起こる。だから気をつけようがない。

頚椎の手術をした人が二カ月ほどで服のボタンをはめることができるようになったと聞いた。治る人は治るんだと羨ましく思った。

手だけでなく足の裏にいつもゴミが貼り付いている感覚、違和感はずっと続いている。立ったり、歩いたり、足に自分の体重がかかる時はさらに違和感が強い。足の甲、足首の上あたりまで軽いしびれを感じる時もある。

手術の前には足のしびれがもっと強く、足が地にきちんと着地しない時もあった。「どうしたんだろう」と我が姿に驚いたことがあったが、それはもう改善した。

手のこわばりの回復を手ぐすね引いてただ待っていても仕方ないので、少しでも役立てばといろいろと試したが、まったく効果はなかった。

胸を張って肩関節を広げる運動、肩回しや腕振り体操等、鎖骨や肩甲骨の下あたりにはたくさんの神経があるので、それでも何かの役に立つかもと続けている。

胸を張って、腕を上下、前後、左右に振ると姿勢が伸び、背筋と腹筋が鍛えられるので腰にもよいという。

『1日3分「腕振り」で肩こり・腰痛がとれる!』（北濱みどり　KADOKAWA／角川マガジンズ）には手を後ろに振る時、左右の手が背中で当たるように振ると胸がよく開き、肩甲骨のツボ刺激やマッサージになるとあった。簡単なので思い出しては実行しているが、実は昔から「腕振りは万病を治す」と実践している人が結構多いようだ。

首筋や鎖骨、肘のマッサージも行っている。血流やリンパの流れをよくするために少し圧を加えて摩っている（今のところそれらの効果はないのだが……）。

手が凍傷にかかったようにこわばりが強くなった時、たまらなくて手首の運動をしてみた。すると楽になったので、以来手首と五本の指の関節の曲げ伸ばしなどをしている。違和感のある足首と足の指の屈伸運動と合わせて行う。

以前、私は手のしびれが気になり手の名医といわれる医師を受診したのだか、手根管症候群ではないと、しびれの原因の首の狭窄症を見つけてもらった。

手根管症候群は頻繁に手を使う人に多く、パソコン等を打つのも原因になるとあった。パソコンを頻繁に使う私には手根管への影響もあるのかもしれないと思って、その後にもう一度脳神経外科で検査をしたが違うようだった。

結局頸椎神経の痛め過ぎのようで、残念ながらいつ回復するか見当はつかない。まだ数年かかるかもしれないし、治らないかもしれない。

回復リハビリ入院中に手の検査があった。私の親指の付け根についている筋肉はとても痩せていると指摘された。ふっくらしているのが望ましいそうだ。

なるほど私の親指の付け根の筋肉は全体的にぺっちゃんこだった。

「親指と人差し指で輪を作ってください」と言われた。私の輪はDの字だった。本当は丸い円でなければいけないそうだ。

夫の手で試すとちゃんと丸い輪になっていた。そんな、こんな、が手のこわばりや不自由さにつながっているのかもしれない。

③しびれに潜む疾患

年を取ると案外多いのがしびれの問題。時折耳にする話を紹介してみたい。

首にできた腫瘍が原因で手にしびれが起こった人がいた。腫瘍が神経を圧迫していたようだ。手術で腫瘍は綺麗に取ったが、しびれは治らないという。

元気な五十代の知人がしびれるからみてもらったら、首が原因ということだったらしい。寝転んでテレビをみているらしいが、顎を上げて見るその格好が明らかに首に悪い格好だと本人が認めていた。

顎の上げ過ぎは頸椎を圧迫する元。私も以前それで左手の小指と薬指に痛みとしびれがあったが改善した。

しびれに重要な病気が潜んでいた人がいる。心筋梗塞を起こしていたのだ。手にしびれや痛みがあった。歩いていると肩が抜けるようにだるくなったという。

左の腕の付け根や胸（主に真ん中）が痛くなることもあるという症状で、病院で心電図をとったが異常なし。しかし、あまりに調子が悪いので別の病院を受診。なんとすぐに救急車。本当に間一髪で命取りになるところだったらしい。四年前から多少の兆候があったらしいが、心臓が悪いとは思わなかったという。

手のしびれが脳や心臓の危険な病気のサインになる場合もあるのだ。

しびれには頸椎症やさらに怖い病気も潜んでいるかもしれないので、早期に診察を受けた方がよいといわれる。

頸椎の血管がつまる頸動脈狭窄症は脳梗塞の一因にもなるというので、やはり脳神経外科でよく調べた方がよいと知った。首の問題は整体だけに頼るのは危険なことがあると承知した方がよい。

高齢者は加齢により脊椎の神経が圧迫されたりするので、年を取ると多少のしびれは起こるのかもしれない。

私の父（当時八十歳）も手にしびれがあった。その時は肝臓癌の末期だったから、私達は手のしびれの訴えは命には別状ないとあまり重視していなかった。痛そうに、辛そうにしていたあの時の父の顔が思い出される。

病院で調べたけれど原因は分からないと嘆いていた。命には別状がなくとも辛いものは辛いのだ。もっと優しくしてあげればよかったと後悔している。

(三) 脳と痛み

最近、「脳と痛み」の話題が多い。私が受けたリハビリでも「リハビリで脳と痛みの記憶を変える」と説明された。脳は私の最も好きな分野の話なので興味深くその説明を聞いた。

二十年以上も前、『NHKスペシャル』で「脳と心」が放送されていた頃、私はメンタルトレーニングの勉強をしていて、脳に好奇心をもち、脳に魅せられた。

そしていつも座る机の上に脳の本をどっさり置いて、暇さえあけば脳の本を開いて見ていた時期が数年続いた。脳の勉強は主婦の私を ワクワクさせた。

以前、私が書いた「胎教、出産、育児」の本に「脳育」を入れた。脳を理解し、脳が喜ぶように子育てをするのが、賢い、楽な育児だと理解したからだ。

脳に強い興味をもつ私が自分の脊椎手術によって憧れの脳の専門家に出会えるなんて、なんとも……これまた不思議な話。ご縁とはこのことなのかと思う。

脳と痛み、以前から最も関心の強い分野なので取り上げたい。

①腰痛とストレス

こんなにひどい腰椎狭窄症になっても腰痛の体験がほとんどなかった私だが、周りには腰の悪い人、腰が痛いという人がたくさんいる。

しかし腰痛の原因の多くがよく分かっていない話で、狭窄症やヘルニアなどの脊椎疾患は十五％。後の八十五％はその他の原因だと言われる。

最近は「腰痛はストレスから」ということもよく知られている。

かなり以前、推理作家の故夏樹静子さんの腰痛体験の話を聞いたことがある。

ひどい腰痛でまったく座れなくなり、仰向けになって小説を書いていた。ありとあらゆる治療を体験したが、一向に良くならず、何年もの間苦しんでいた。

ある時、伊豆の精神科の医師から「腰痛治療においで下さい」と誘いがあり、最後の拠り所で治療に行ったそうだ。そこでは治療を受けるための誓約書を書くように強要されたそうだ。「今後決して小説は書きません」と。

長年あまりのひどい痛みに耐えかねていた夏樹さんは意を決して、誓約書を書いた。

そして治療に専念、ペンはきっぱり捨てて、リラックスした日々を過ごしたのだ。そしてすっかり回復したという。

その夏樹さんの体験は『椅子がこわい』（新潮社）に書かれている。テレビにも出演して「腰痛とストレスの関係」を話されていたのを聞いて感動したことがある。

当時、『腰痛は〈怒り〉である　痛みと心の不思議な関係』（長谷川淳史　春秋社）という本を読んでいたが、心と体の関係が詳しく説明されていて納得した。

私は心身の痛みとストレスの問題に強い関心をもっていた。

というのも私はストレスを扱う「スリーインワン・コンセプツ®」（以下スリーインワンと記述）という勉強をしていて、ストレスが心身の痛みを引き起こすということを学び、その体験者にたくさん会っているからだ。

精神的ストレスは肉体的ストレスを引き起こす。「病は気から」と昔からよく言われることだが、病気の原因の大本には精神的ストレスがある場合が殆どであることが医学的に証明され、一般的にも認知されるようになった。

しかし、引き金になるストレスが具体的に何であるかを知ることは難しい。

私が学んだ「スリーインワン」ではそのストレスとなる要因をはっきり認識できるように、解明手順のプログラムができ上がっている。

「スリーインワン」はアメリカで研究されて、誰でも学べるように体系化されたもので、日本には三十年前から入ってきて静かに広がっている。

今の自分の悩みの基となるストレスを見つけ、それを解放して今を楽にし、未来に向かう勇気を作り出す心理的療法といえる。

見つける方法は筋肉反射、マッスルテストを使い、体が覚えている記憶（つまり脳が覚えている記憶）、無意識下にある記憶を筋肉反射を使って探り出す。

私は一九九七年にそのスリーインワンに出会った。以来、長年それを学び、その指導者としての資格を習得し活動しているが、何人かの腰痛の人を扱ったことがある。

腰痛の悩みと関係している感情ストレスの原因が友達関係にあることに気づき、悩みの感情を解放した。その後その人は腰痛の痛みから解放された。

会うたびに痛みを訴える友人の腰痛と関係している感情ストレスは夫への怒りが原因だった。原因が分かっただけで腰痛はその後起こっていない。

私自身もひどい肩こりがあった。その原因として見つけてもらったのが、二十年以上も前の大きなストレスだった。それを知ったとき、涙があふれ、止まらなかった。そして気がつくと長年肩にへばり付いていた嫌な凝りが消えて、肩が軽くなっていた。

その感情はお風呂に落ちて火傷を負わせた子どもへの罪悪感と子育てに無関心な夫への恨みだった。長い間忘れていた、心の奥の深い部分に押し込めていた感情ストレスの重石が取れて心が軽くなった分、体も軽くなったのだった。

そして、今回も私自身の「腰痛とストレス」を何回も扱った。そこにストレスはあったが、感情ストレスの解放は今回の私の狭窄症には通用しなかった。

②腰痛は脳の勘違い

『NHKスペシャル』(平成二十七年七月十二日九時から)で腰痛と痛みの関係、「腰痛・治療革命　見えてきた痛みのメカニズム」を放映していた。大変興味深い内容だった。日本人の四人に一人(二千八百万人)は腰痛持ちという。恐るべき国民病になっている。三カ月以上続く腰痛を慢性腰痛と呼び、腰痛の半数以上はその慢性腰痛だということである。

ところが、その腰痛、CTやMRIで調べても原因を確定できない「非特異的腰痛」といわれる腰痛が八十五%もあるという。それはストレスや鬱状態などの心理的なことが関与している、つまり「脳の勘違い」だという表現をされていた。

最近の研究で痛みの長期化（慢性化）には脳が大きくかかわっていることが分かってきたそうだ。脳にはもともと痛みを抑える鎮痛の仕組みが備わっているのだが、慢性腰痛の人はその仕組みが衰えているということだ。

それはなぜかというと「痛みの恐怖」が関係しているらしい。痛みは人間に恐怖をもたらす。その恐怖心がストレスとなり、脳の痛みを抑える働きを持つ部位を衰えさせると説明されていた。その放送では三十八％の人が「腰痛は治るのだ」という信じ込みをインプットするだけで腰痛の痛みから解放されていた。さらに、認知行動療法や腰痛緩和の体操で痛みの軽減が半数の人に起こっていた。

③イメージトレーニングの効用

もう一つ脳と体について事例をあげたい。以前、アルファ脳波研究家の志賀一雅氏のメンタルトレーニングの研修会を当地で開催していたことがある。

その時知り合った整形外科医のＩ氏はまさにイメージトレーニングで脳溢血の後遺

症を改善した人だった。

脳溢血で脳の奥の視床というところに七㎜くらいの穴があいた。奇跡的に一命をとりとめたが、植物状態か、良くなっても車椅子生活、二度と医者として復帰することはあり得ないと医者仲間から言われていた。

ところが、氏は意識が戻った後、医者としてもう一度復帰したいと心から思ったそうだ。そして今まで勉強していたメンタルトレーニングが自分のリハビリに役に立つかもしれない、取り入れてみようと思った。

氏は自分なりの工夫でリハビリにイメージトレーニングを取り入れた。やれると手ごたえを感じたのは始めて三カ月後。最初は足にそれを感じたのだった。

手のリハビリも根気よく頑張って、ついに医者として奇跡の復帰をした。兵庫県の山崎町から津山まで自分で車を運転して講演に来てくださった。

一度ダメになった脳細胞は復帰しないが、他の脳細胞が訓練によって代用されるという。その復帰のためにイメージトレーニングが役に立ったのだ。

もう二十年以上も前のことだが、この話を久々に思い出して、脳と体の関係をもう一度見直し、なんとか自分の回復の役に立てたいと思う。

第九章　養生記

今から始める元気な終活の準備

この章は手術の話ではないので余分な記述かもしれないが、実はこれからの健康維持のためには知っておく必要があると思ってまとめてみた。

私は現在六十九歳、あと一息で七十歳を迎える。ということはいよいよ人生の終盤時期に入っていくことを感じている。

寿命終了はいつか分からないが、いつか必ず来るもの。覚悟をもって生きなければならないと感じている。生きている限り、悔いのないように自分の命を輝かせて生きたいと思う。

それにはまず健康。内臓はもちろんだが、足腰の健康を保つことが自分らしく生きる大切なキーワードになると今回の手術体験をきっかけにたくさん学んだ。

さまざまなことに注意しながら迷いなくちゃんと歩いているつもりでも、人生には途中で思わぬ足止めを食らうことがある。つまり体の内外から起こる故障だ。

だからこそ、これからの自分を大切にするための健康長寿の養生記として加えた。つまりそれが元気な終活の準備だ。今から始めるのに早過ぎることはないようだ。

㈠　健康のための体の使い方

①腰痛は文明病

腰は肉月（肉体）に要と書くだけあって、確かに腰の悪さは体のバランスを欠き、あちこちに悪さを引き起こすし、足や顎や首の悪さも腰に影響する。

腰痛は若い人にも多いが、高齢者にははるかに多い。高齢者人口の増加で加齢による筋肉劣化や長年の酷使による腰痛が目立つようになったともいえる。

地域医療に貢献されている脳神経外科の医師達は「情報の届きにくい山間の地には腰が悪くても治療しない人が多いので、最新の医療のお知らせ、腰痛予防について健康セミナーをします」と言われていた。

また「最近の農家には普段は体をあまり使わないで、農繁期だけ重労働の農業をして腰を痛める人が多い」と言う治療家がいた。

私達は車社会で足を鍛えるチャンスが少ない生活で案外と筋肉や骨が弱っている。

田舎の人ほど日々、車依存で生活しているのは事実だ。つい目の前のところでも車で動く。これが地方の現実だ。

それに比べて車を持たない都会の人は実によく歩く。電車の改札口からホームを歩く距離は長い。乗り換え通路も長い。

しかし、都会に暮らす人も含めて、現代社会はスイッチオンの便利で快適な生活が体を鍛えるチャンスを奪っていることも紛れもない事実。

便利な生活のおかげで体を酷使をすることは少なくなった反面、体を使わないから、脆弱になっている。国民みんなが総運動不足、体力低下、筋肉低下だといえる。

近年認知症の話題が特に多くなっている気がする。というのは、寿命が延びた問題だけでなく、体を使うことが少なくなったからではないだろうか。

運動不足だけでなく、その上食べ過ぎ。高蛋白、高脂肪、糖質などの栄養の取り過ぎで、血液は汚れ、血液循環の働きも低下し、消化吸収の働きはギブアップしている。

それが生活習慣病を増加させているという話は私にとっても耳の痛い話になっている。

腰痛も生活習慣病といわれている今日だ。

六十五歳以上は五人に一人は認知症、四人に一人は腰痛というから、本当に危惧される時代だ。「腰痛は文明病」まぎれもない話のようだ。

しかし、今や運動で認知症も腰痛も改善、予防できるということが分かってきたので、やはり体を動かすことの重要性を私達は認知しなければならない。

この認識は私のように年を取ってから行うのではなく、若い時からしっかりと持つことが大切だと思う。年を取ってからでは間に合わないこともある。

私の通うカーブスでは最近若い人が増えてきているが、「筋トレ、運動の大切さ」が人口に膾炙してきたのではないかと喜んでいる。

②腰に負担をかけない姿勢

タクシーやトラック運転手には腰の悪い人が多いらしい。体を倒して運転するからだそうだ。タクシー病と言われる。

車もオートマティックになってから腰痛の人が随分増えたらしい。

私は自動車の運転時には腰の後ろを安定させるパットを置いている。電車で座席に座る時も手持ちのバッグを背中に置いて姿勢の安定をよくしている。

パソコンをする時の姿勢も最近は気をつけている。椅子に浅く腰掛け、胸を張り、腰を伸ばして、膝を九十度曲げ、足の裏全体を床に付けるようにしている。しかしすぐに足を組んだり、伸ばしたくなる癖があるのでこれは難しい！

アフリカの人には腰痛が少ないと報道されていた。

畑仕事にも腰を九十度に倒し、胸を張った格好で行うらしい。腰の骨が後ろに回転されて腰の可動がスムーズになり、腰にかかる負担が少ないと生理学的にも解明されているということだが、日本人には慣れない動きで難しいかも。

私は腰の負担を少なくするために膝をついて作業するようにしている。物を持ち上げる時には腰を落として体全体を使って持ち上げるのが腰に負担が少ない。腕だけで持ち上げると股関節、膝、腰を痛める可能性が高い。重い物を持ち上げる仕事で膝や股関節をひどく痛めている女性が私の近辺には多い。

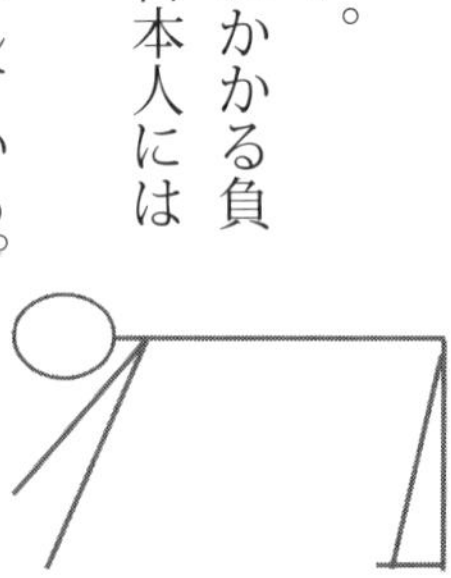

③よい姿勢で格好よく生きたい

手術をしてから人の姿勢がやたら気になる。もしかして今の日本人は私の親の時代以前より姿勢の悪い人が多くなっているかもしれない。これは立腰精神の大切さを置き去りにした戦後教育、生活習慣の影響かもしれない。

そんなに高齢とは思えないのに猫背や腰が曲がり気味な人が目につく。六十を過ぎると筋肉は急に衰えてくる、衰える前に注意しないと曲がったままで筋肉が固まってしまうようだ。そうすると改善はなかなか大変だ。

背中や腰が曲がっているからといって脊椎の疾患があるとはいえないが、その可能性は少なくないし、当然健康にも、見た目にもよくない。

よい姿勢を保つには胸を張り、鼠蹊部や下腹を伸ばして腰骨を立てることを習慣化するように、常に意識する必要がある。

腰と共に首の方も気をつけなければならない。私は本を読む時や、特にパソコン使用時には首を下げ過ぎないように気をつけている。

台所仕事をしている時も首をあまり下げないように手元を遠目にする。そうすると首が下に向きにくいし、姿勢が崩れない。首は反らし過ぎるのもよくないが、下に向ける角度が大きいほど首に負担がかかり、肩や首を痛めるという。

美しいプロポーションを保っている女優さんは、家事そのものを鍛えるチャンスにしながら日々過ごされているようだ。美と健康には普段の努力がいる。

日本初の報道写真家笹本恒子さん、現在百二歳（大正三年生まれ）。九十七歳の時テレビで放映された姿を拝見した。颯爽とした素敵な歩き方に魅せられた。

あんなに高齢でも背筋を伸ばして、スマートに格好よく歩けるんだ、と感動だった。その姿が私の脳裏に焼き付いている。彼女もそれなりに努力し続けていたのだと思う。私もあのように歩ける高齢者でありたいと思ったものだ。

百歳の時ベストドレッサー賞に選ばれるほどおしゃれな方だ。今も現役、百二歳で「写真界のアカデミー賞」といわれる米国の「ルーシー賞」を受賞された。

「めざせ九十七歳の笹本恒子さんの姿」、それを私の高齢の目標にしたい。

姿、形、生き方も考え方も私達の手本となる素晴らしい女性が世の中にたくさんいる。そんな人がテレビ等で次々と紹介されると嬉しくなる。

よい姿勢で身も心も凛として美しく、最後まで「格好良く」生きたいと思う。

④体のバランス

私は治療院で骨盤、仙骨の歪みを指摘されることがある。その歪みは重要な疾患にも、また未病にもつながるという。それが足腰や膝を痛めることにもなる。

長いスカートをはいて階段を上がる時、右足でスカートの裾を踏むことがある。しかし左足で踏んだことはない、ということは左右のバランスの良くない歩き方、体重のかけ方をしているのかもしれないと気づいた。

夫が私の歩き方を見て「着地するとき右足が外に向いているから気をつけて内側に入れて」と指摘。自分では姿勢よくしているつもりだが、夫から見るとそうでもないらしい。「腰も少し引けている、膝が曲がっている」と言われたことがあった。

悪い時期の長い習慣の改善の難しさに驚いた。悪いところをかばう歩き方がさらに歪みを助長していたのかもしれない。

その歪みを作るのは、やはり長い間の体の使い方。しかし、そこには不均衡で均衡を保たなければおれない根本的、さまざまな原因があるようだ。

以前、頭の重さや軽い頭痛がかなり長く続いたことがあった。一応脳外科で検査して脳も首も異常なしという結果。「肩こりでしょう。体操をしなさい」と医師から言われ、日頃よく運動しているつもりだがまだ足りないのかなと私は思った。

その後、整体で首の調整をしてもらった。それはとても軽いタッチの調整だったが、以来頭は軽くなり頭痛も止んだ。やはり首のわずかな歪みと凝りが原因だった。

私は腰痛から解放されて元気になった後に右のアキレス腱を切り、再び不自由な生活を何カ月もするはめになったのだが、そのため強い負担が左にかかり、左腰に神経痛が起こってしまった。その体の歪みと首の歪みは関係していたのかもしれない。筋肉の衰えとバランスの悪い動きが足腰の痛みに関係することを実感した。

高齢者は筋力が衰えているから、体のバランスを崩しやすいのであちらこちらが悪くなるのだと思う。

なお、子どもの時から体のバランスが崩れている人も多いといわれる。生活習慣と共に**子どもの怪我は体を歪める元**になるらしい。実はこれが**その後の心身の不調に関係している**ことを大人は知らなければならないのだ。

⑤歩く・ノルディックの利用

「狭窄症はとにかく歩くのが一番。しびれがあるから歩かないという人は治らない」と言う治療家がいる一方で、「歩行訓練では狭窄症は治らない」と言う専門家もいる。しかし「歩かないと下肢の筋力が低下し、筋萎縮が進み、体力も筋力も低下する」というのも事実だから、やはり歩くことは必要ではないかと思う。

手術前の私はノルディックのポールがあったから歩けた。手術後、しっかり歩けるようになると長い間お世話になった杖は物置にしまった。

しかし、再びノルディック・ウォーキングについての記事を目にして、もう一度取り出した。その記事にはノルディック・ウォーキングの利点として、

①カロリー消費はウォーキングの一・三倍

②全身の筋肉を九割使う

③膝や腰の負担が少ない

等が取り上げられ、中でも膝や腰の負担が少ないということに注目した。

颯爽と歩けるようになったのに、杖を使うのにはやはり多少の抵抗があったが、再びノルディックのポールを使うことにした。というのも、ウォーキングで足腰を痛めている人も少なくないという。

さらにノルディックポールを使うとよい姿勢で歩ける。効果をあげるウォーキングのポイントは**広めの歩幅で早歩きを**すること。それがよい姿勢を作る秘訣にもなる。

歩くことは全身運動で、**認知症予防や改善**に効果があることはよく知られているが、その他様々な幅広い健康促進効果が挙げられている。なんと安上がりな健康法。

だが、歩くだけでは筋力アップには不十分で筋トレやストレッチ等も取り入れる必要がある。運動は総合的に行わなくてはいけない。

⑥深いリラックスの必要性

ある治療院で「体全体が硬いですね」と指摘された。以前、別の健康指導者からも私の体は硬く「頑張り体」の体だと言われた。

長い間忘れていたその一番の急所を指摘され、「やっぱりな」と思った。

ワーカホリックのように、独楽鼠みたいに動き回っている私だ。長年の頑張る習性でそんな「頑張り体」の硬い体ができているのだ。

私の体は頑張りモードにスイッチが入りやすくなっているらしい。つまりいつも交感神経優位な私の状態は未病を潜在しているのかもしれない。なにしろ探し物をする(それは結構多い)以外に無駄な時間はほとんどないという過ごし方。

「転んでもただでは起きない」それが私の若い頃からの信条だった。

一見とても健康で、めったに風邪などもひかない。少々体調が悪くても頑張ってしまう。「動き過ぎ」と人から言われるが、本人はまったくそう思っていない。

それが私の体の脆いところかもしれない。世の中を見ると、案外そういう人が危険だ。「一病息災」とは確かに事実のようだ。

「十分に力を抜いてのリラックス、ゆっくりと深呼吸」それがこれからの私の生活には一番必要なようだ。体の芯まで深いリラックスをすることで、過敏になる神経を和らげられるかもしれない。

「丁寧に、ゆったりと生きる」とは副交感神経の働きをよくすることで、私の健康法として、それは最も大切なことかもしれないと思い、近頃は心掛けている。

(二) 健康寿命は筋肉強化・運動は百薬の長

①健康で老後を生きるために

「平均寿命は延びたけど……健康寿命はそれより十年以上も短い」が現代の日本人らしい。年を取れば体が弱り、さまざまな内臓疾患が増えてくる。

よく言われることだが、健康寿命を延ばすには、①食事、②運動、③呼吸、④生きがい、⑤人間関係等があげられるが、ここでは運動を取り上げていきたいと思う。

健康に生きるための努力は若い時からしなければならないが、避けられないことも多い。予想もつかない病や怪我、そして定めとしての寿命もあるのだから。

しかし、寝たきりになるのを防ぐ手立てはある。それは転ばないようにすることだ。転んでも大事に至らないようにする。それには骨と筋肉を強くすることが一番予防になると最近の健康番組ではよく言われる。

四十歳を過ぎると筋肉も骨も老化するといわれる。六十歳を過ぎると老化の速度は早まるらしい。しかし、筋肉強化の運動をすることで、老化もかなり防ぐことができるというのが最近は常識になってきた。筋肉強化で転倒予防、寝たきり予防、認知予防の効果が生まれるというものだ。

今回私は入院生活をしていて、それをひしと感じた。介護をしてもらっているたくさんの高齢患者の様子を目の当たりにして心が痛んだ。生きることはできても、人間としての尊厳が守られる生き方が難しいのが現実なのかもしれない。

他人事ではない、自分の問題として考えなくてはいけないと強く思った。そのためには今から準備。その準備に早過ぎることはないようだ。

最近発表された日本の医療費、過去最高の四十兆円突破（一人三十一万円）。これはますます増加すること間違いなし。

高齢者の域に入ってのここ数年の私達夫婦が使う多額の医療費、間違いなく私達はこの増加に加担している。新聞記事を読みながら申し訳ない気持ちだ。せめてこれからの健康管理で少なくしたいと心から思う。

②思い違いの運動

「運動しなさい。食べるのを控えなさい」五十代で血糖値が上昇した私は医師によく言われていた。

運動はした方がよい、しかし、何をしたらいいだろうか……いろいろなスポーツを思い浮かべたが、どうも手ごろなスポーツがない。

長時間運動する時間はとても取れない。そして今更走り回る運動もどちらかというと苦痛。高額な道具をそろえるのも気が重い。

だから、内科医の「運動しなさい」の実行はとてもハードルが高かった。その頃の私は「運動」といえば「カロリー消費」という意識が強かった。

また、よく動いていた私は毎日家事で結構運動していると思っていた。しかし、それは全くの間違いだとかなり後から分かった。

私の住んでいる津山市では「こけない体操」という体操が高齢介護課で進められており、かなりの高齢の方も行っている。

近所の方に誘われて、腰痛改善のために私も参加してみた。手足に錘のバンドをつけて、歌に合わせて手足を動かす。その動きのゆっくりしていること。すごいスローテンポだった。

「えっこんなにゆっくりでいいの」と驚いた。筋トレは「ゆっくりでいい」と聞いていたが、ここまでゆっくりとは思わなかった。家に帰って一人でしてみたが、あれほどのスローテンポを一人でするのは難しい。

地域健康講座でも腰痛予防に体操を勧めているが、その動きはまたまたスローテンポ。スローの方が筋肉強化の効果が大きいというが、実は難しいことだ。

運動とは「スポーツ競技」を指すのではなく、普段使わない筋肉をよく使うこと。それは息を切らせて、汗を流して行うことではないことにやっと気づいたのだ。

この本で私が何回もお勧めしている**「健康のための運動」とは、すべてそのようなゆっくりとした動きのこと**。決してハードな運動ではないことを特に念押ししておきたい。筋トレも決してマッチョな体づくりではないことを付け加えたい。

病気によって、運動はしない方がよいというものがあるようだから医師に相談すべきだが、運動などとんでもないという医師もいるようだ。それはハードな運動をイメージされているのか知れない。

③自力と他力

「整体師は手術の後の回復のためにこわばっている筋肉をほぐすという補助的なことはできるけど、自分の体を回復させるために鍛えることは自分でしてもらわなければどうにもならない。筋肉強化には自力と他力がどうしても必要です」と懇意な整体師がいつも言われる。

リハビリとはまさにこの自力の強化だ。回復リハビリを受けている時も、理学療法士や作業療法士はこわばっている体をほぐしてくれたけど、筋肉を動かして脳と筋肉の働きを連動させる動きは自分でするしかないのだった。

私は若い頃より健康づくりに関心を強く持ち、食事、精神的な面に配慮し、体のケアにも気遣って生活していたが、自分で鍛えるということを認識していなかった。特に年とともに衰える体の強化は考えていなかったといえる。どちらかというと疲れた体をケアしてもらう、悪い所を治してもらうという「他力」の治療に意識が向いて、特に年とともに衰える体の強化は考えていなかったといえる。

なにしろ人にしてもらうほど気持ちのよいものはない。横になってマッサージをしてもらうときは「極楽、極楽」なのだ。案外と私のような過ごし方をしている人も少なくないのではないかと思う。

「鍛えることがケアである」「自力のケアとは鍛えることを指す」という認識が私には本当に欠けていた。

生死の境から蘇った時、医者から「一日八時間は運動しなければあなたは死んでしまう」と言われた人がいた。肝臓の病気と聞いているが、その内容についてはよく知らないけど、本当に毎日八時間の運動をしているという。

その人のようにはいかなくても人間は息をしている限り、サバやマグロのように体を動かし続けなければ健康を維持することができないということを肝に銘じておかなければならない。

体だけでなく、頭も心もそうだ。車も家も使わなければ、錆びてしまう、痛んでしまうというのは同じことのようだ。

サバやマグロが動かないときは死ぬ時だそうだ。残念ながら、人間も横着をして、健康的に楽しい人生を過ごすことは許されないようになっているらしい。

魚は動くことが呼吸だが、**「運動は筋肉の呼吸」**で我々人間も同じだ。

④体は使わなければ衰える

リハビリ病院に入院していた時、外出を数回した。ところが、たった二時間ほどの外出なのにぐったり疲れた。自分の部屋に帰ると倒れ込むように休んだ。聞いてみると入院患者の外出は誰もがそんな様子だという。体を動かさない入院生活はこれほど筋力を低下させるものかと驚いた。

年を取ると疲れやすくなるというのは、筋力の低下によるともいえるらしい。十年ほど前、母が八十三歳の時、胃がんの手術をした。その時もできるだけ早く動いてくださいと指示された。腹部を切っているので動かすのは辛かったらしいが、なるべく早く自分でトイレに行くようにしたことがあった。

動かなければ廃用症候群になって、血流が悪くなるとその時はそう理解していたが、筋力が低下することがさらによくないのだ。

筋肉の中にはたくさんの神経や血管が通っている、筋肉を動かすことで、血流の流れも活性化するし、神経伝達もよくなる。

動くことは体温低下を防ぐので、老廃物が血管の中で流されるという具合にいろいろな健康維持に役立っていることだ。

だからたいていの場合入院患者も「動きなさい」という指示が医師から出るようだが、その意義を理解している人は少ないようだ。

「動きなさい。動くと治りがよい」というのは手足関係だけを言うのではないのだ。適度な運動は内臓関係の疾患の回復にも役に立つようだ。

心臓病でも安静より適度な運動をする方が回復に役立つと医師は指導している。「安静にしなければならない」という昔の概念がひっくり返ったのだ。

だから最近は入院できる病院にはリハビリ指導の方がいるし、動けない人でもできるように部屋まで来て指導してくれるようになっている。

知人の話だが、一年前にリウマチの友達に会った時、やせ細って、体を動かすのも不自由で弱々しかったけど、一年後の再会で、体もしっかりしてとても元気そうだったので驚いたという。聞けばリハビリに週二回通っているということ。やはり、リハビリ、運動は効果絶大だと語っていた。

腰が悪いからと週一回のリハビリ治療に通った人が「週一でよくなるかなと思ったけどそれでも効果があった」と言われていた。

カーブスでは「週一回でも、二週間に一回でも効果があります」と言われる。少しでも続けて行うことこそが一番大切なことだ。

「人間の体の運動器官には筋肉、軟骨、椎間板、関節、骨がある。軟骨と椎間板と関節がバランス崩壊を起こすと改善は難しいが、**筋肉と骨は鍛えて修復することができる。骨も筋肉を動かして強くすることができる**」と脳神経外科の医師も健康講座で語り、ロコモティブシンドロームを防ぐために運動をしようと呼びかけている。

「ドコモは電話、ロコモは体操」というスローガンで運動、体操の必要を啓蒙されている。「筋肉は裏切らない！」筋肉と骨は運動をすれば必ず効果が出るという。

なお運動は筋肉だけでなく、骨の強化になっていることも付け加えておきたい。

脊柱管の手術で骨が再生することを知ったが、その骨の再生には骨芽細胞が働く。軽く揺するなどのわずかな振動、声を出すことで起こる振動も骨芽細胞の活性化に役に立つと聞いている。ゴロゴロ怠けていると骨は働くことを忘れて弱ってくる。

重力の無い空間生活の宇宙飛行士は常に足を動かして骨の強化を図っている。そうしないと地球に帰ってきた時、歩けなくなるのだ。

骨の再生強化には栄養、運動、日光、そして睡眠が重要だ。

⑤老いてもリハビリ効果十分

胆嚢癌で、一年間ほとんど寝たきりの瀬戸内寂聴さんが治療師に足を動かしてもらう様子がテレビで放映された。自力でできなくてもそうして援助を受けながら動かしているうちに自力で動けるようになり、ついには自分で歩けるようになったようだ。九十三歳でも筋肉は強化できるのだと改めて思った。

以前百歳でテレビデビューをした「双子のきんさん、ぎんさん」もテレビで手押し車を押すために、筋トレをしていたということだった。

私の母は九十歳で転倒し、手術を受けた。もう寝たきりになるかもしれないと心配したけど、寝たきりにはなりたくない、みんなに迷惑をかけたくないという一心でリハビリを頑張って、見事歩けるようになった。

退院後は通いのデイケアに週二回行って運動を実行。家では自分で軽い運動をし、杖を使って歩く練習をしていた。

緑内障で視力は低下しているが、それでも本を読んだりして学ぶことを続けていた。つまり体と頭の体操をしているのだ。

ところが一年後の九十一歳、また転倒して骨折。一年前と同じように手術し、リハビリを行って、再び動けるようになった。今では転ばないように家の中でも外でも二本の杖を使うが、いつも自力で歩くようにしている。動くように努めている。

意欲さえあれば何歳でもできるものだとさらに感心した。問題は「回復したい！自分でやらなきゃ！」という意欲があるかどうかだ。

「年だから動かないでもいい」「もう動けないから仕方ない」「病気だから動かない」というので動かないのは間違い、時間がかかっても少しずつ動けるようにすると、ほとんどの人が動けるようになるのだ。母の姿でそう確信する。

高齢者のためのリハビリ教室、体操教室も各地にできて、要介護の人達もたくさん行くようになった。

「その効果は目を見張るものですよ」と知人の整体師は自分の患者の回復に驚いているという。予防医療、医療以前の健康促進として最適だと思う。

寿命が延びている高齢化社会、明るく楽しく健全な社会作りにとって運動促進のための事業は大変素晴らしいものではないだろうかと嬉しく思う。

⑥血糖値対策の食事

健康には運動と共に食事も大切。年を取ると問題になりがちなのが血糖値。血糖値の上昇は万病のもと。運動は血液サラサラに貢献するので必須だが、その血糖値改善には食事がさらに重要課題になるので取り上げてみたい。

実は私も五十代で血糖値が高くなった。これは日頃からの食いしん坊と運動不足のツケ。夫も高いので、我が家では運動と食事の血糖値低下対策をしている。

血糖値を上げないためには、食事の前にキャベツの千切りをたくさん食べるのがよいというので実行していたが、夫はすぐに音《ね》をあげた。そこでジュースに変えた。朝と夜の食事前に青汁ジュースを飲むことにした。

キャベツを中心に、小松菜、ゴーヤ、人参、紫蘇等何でも入れる実に大雑把なジュース。豆乳や牛乳を入れ、バナナで味を調え、スムージー風の濃いジュース。

美味しく飲む秘訣は「クレプシー」という酸味のきつい健康食品を入れること、その酸味がきりりと味を引き締めるので飽きない。クレプシーの入らないジュースは気が抜けた味で実に物足りない（酢等でも可だが、断然味は違う！）。

さらにジュースは滑らかになるまでよく攪拌した方が大変美味しい！

もうひとつ気をつけているのは、糖質を減らすこととおかず（特に野菜）を先に食べて後で主食を食べること。それが血糖値の上昇を防ぐのに役に立つらしい。

おかずが先、ごはんやデザートが後とは懐石料理並みの食事だが、なんと血糖値上昇を防ぐ健康的な食事方法になっているのだ。

糖尿病予防にはご飯を少し減らすだけでも効果があるらしい。糖質大好きな私達にはかなり辛いことだった。今はそんな食事にすっかり慣れたが、身の回りはどれもこれも糖質の材料にあふれているから糖質制限もなかなか大変だ。

一番血糖値が上がるのはラーメン、うどん、そば、焼きそば等の麺類！

糖質制限も難しいが、筋肉強化に必要なタンパク質を充分とるのはさらに難しい！

⑦腰痛改善の運動の威力

知人が腰痛で辛い日々を送っていた。病院で診てもらった結果、側弯症になっていたそうだ。そこで数種類の運動をするように指導されたという。それを聞いて私は

「それは絶対にしないといけない」とアドバイスした。

とても簡単な運動だったので医師に「これだけでいいんですか」と尋ねたらしい。医者からは「それでよろしい」と言われたとか。

「運動をするのとしないのとでは雲泥の差が出るから、バカにしないで絶対にしなければいけない」と私は念を押した。

実は私の知人に体が曲がってしまっている人がいる。かなりひどい。もともと交通事故から起こった歪みと痛み。その方は医者に体操をするように指導されたのだが、そんな簡単な体操で治るなんてと軽く考えて、結局しなかった。年月が経って、今はもうひどすぎて手術もできないほど歪んでしまっている。

簡単な運動だからとバカにされがちだが、それが違うのだ。簡単な運動で効果が十分あるのだ。体に合った無理のない簡単なことこそが大切なのだ。

胸椎狭窄症で歩けなかった知人も医者から運動を勧められ、今は走ることもできるようになったという。軽いうちなら運動でも十分治せるものかと驚いた。

ダチョウ倶楽部の肥後克広さんも二十年来のヘルニアを整形外科の医者に勧められた運動をすることで治したと『あきらめない腰痛』（太田出版）という本に書いてい

た。

　まだ六十代なのに腰が曲がった知人が地域健康講座で個人相談を受けた。どうやら側弯症らしい。しかし、痛みがないようなので運動をしなさいと言われた。

　腰がかなり曲がっていても痛みがない場合は姿勢改善や運動療法が有効だということ。それで治るとはいえなくても、少なくても大きな障害になることを防ぐことはできるようだ。そんな指導を受けた人が他にもいた。

　日頃からよく聞く「腰が痛い、肩が凝る」はほとんどの場合、運動不足や使い過ぎによる痛みで筋肉が硬くなっている場合が多い。適切な運動で体全体の筋肉を柔らかくしたり、強くすることが大切なのだ。それこそ「運動は筋肉の深呼吸」だ。

　そして時には専門家による施術で歪みや凝りを解放してもらうことが必要だと私は思っている。自分に合った施術をしてもらうと随分楽になるものだ。

　ところで、年を取ると腰だけでなく、股関節や膝を痛める人が多くなる。そんな人達でも**症状に合った運動でかなり改善できる**ことを何人もの専門医がテレビで話していたのを興味深く聞いた。

　最近は股関節や膝の手術の技術や材料もかなり発達して、以前より手術は簡単で安全らしい。とはいえ、再手術の可能性がある若い人にとっては、手術を急ぐより適度な運動によって進行を遅らせるのが一番よいと言われていた。運動によって手術を見合わせるほど状態が改善することもあるらしい。

また手術後のケアにも適切な運動で筋肉強化をすることが重要だそうだ。痛いからといって、薬に頼ったり、安静にしていても改善にはつながらないといわれていた。それを聞いて我が意を得たりの気持ちになった。

痛いところをかばうバランスの悪い動きは別の部分を悪くしてしまう。まわりの筋肉を強化することで、痛い部分の負担を少なくできる。まさに運動は百薬となる。

適度な運動を日常生活に上手に取り入れて、人生の最後まで自分で歩けて、カッコよく、楽しく生きていきたいものだ。

第十章

素人が語る脊椎疾患と脊椎の構造、カギ穴手術の説明図

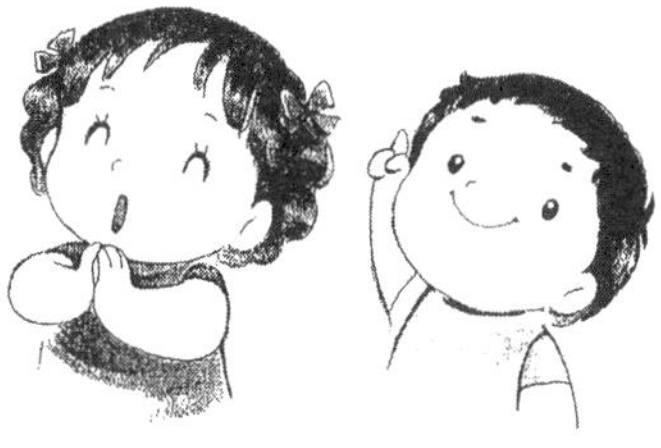

脊椎各部の説明と解剖図を付け加える理由

この章では、脊椎の説明と解剖図と、さらに私の手術の図解を紹介したいと思う。私は自分の体がどうなっているのか、腰や首がどうなっていてどこが悪いのかをきちんと把握したいと思って本やインターネットであれこれと調べた。

しかし脊椎疾患のこと、脊椎の形や各部の関係は素人の私には大変難しく理解できなかった。そりゃあそうだ！　一度も実物を見たことがないまったくの素人が「理解するのは難しい」とは当たり前のことだ。

それでも理解できるまでとことん調べたいのが私の性癖。いろいろな資料を引っ張り出し、何回も読み、ついには脳神経外科の医師に直接ご指導をいただいてやっと入門編くらいは理解できてきたような気がしている。

これは理解力が悪い私自身の問題ではあるが、本等の説明図や記述を見ると素人には理解しにくいことが多いように思えた。

『脊椎手術はもう怖くない！』には、脊椎の病気の八十％は加齢による変性という。中でも腰椎疾患が八十五％、頸椎疾患は十％、胸椎疾患は五％。七十歳以上では腰部狭窄症が五十％、頸椎疾患が三十％と書いてある。

四十歳を過ぎると体は老化に入り、六十歳を過ぎると誰でも骨の変形が起こるという。

高齢化社会の今後は脊椎疾患がますます増えてくるというから、実におこがましい話ではあるが、私のような素人でも脊椎について理解できる図解を載せる必要を感じた。脊椎のことについて私達はよく理解していた方がよいと思うのである。

それにしても、なぜ脊椎関係の図がこれだけ理解しにくいかというと、①人体は立体的なものだから平面図に表すと分かりにくい、ということを私は背骨の模型図を見てまず理解した。その他、②脊椎関係の部位の種類が多い。③成り立ちが非常に複雑である。④脊椎にある二十六個の骨の形は似ていてもまったく同じではない。多少個人差もある。⑤幾つかの骨が重なっているので分かりにくい。⑥見る場所や見る角度、方向によって形が違ってくる。⑦小さな部位にいくつもの名称がある。

さらに、あれこれと調べるほどに分かりにくくなる原因として⑧専門家の監修付きなのに、適切でない説明が載っていることがある。⑨本によって書き方、説明がまちまちなことがある、ということにも私は気づいた。

素人の描く脊椎図、できるだけ事実に近く、分かりやすい記載をしようと精一杯奮闘したのだが、正確とは言えないところもあるかもしれない。歪な形で分かりにくいところもあるかもしれない、研究不足であることも否めない。それらはお許し頂きたい。

※前述したように脊椎の図は描き手によって随分違いがあり、どれが正確か理解しにくい。しかし、私が指導頂いた医師によるとほとんどの図が正解、間違ってはいないそうだ。脊椎は描く場所、角度、方向、さらに個人による違いもあるからだということだった。私の場合は医師の指導に基づいて、できるだけ忠実に描いてみた。なお、人間の体はまったく左右対称ではないので、左右に違いがあるのは当然だということだ。

背骨のことを知ろう

《頭が混乱するややこしい名称と意味と役割の簡単な紹介》

豆知識①

☆**背骨**の三つの大きな役割……①体を支える。②運動・体を動かす。③脳と体をつなぐ神経を保護する。

☆**脊柱**《せきちゅう》とは**背骨**《せぼね》のこと。

脊柱は一つ一つの**椎骨**が積み重なってできている。頸椎（首の骨）が七個、胸椎（背中の骨）が十二個、腰椎（腰の骨）が五個、仙骨が一個、尾骶骨が一個、計二十六個ある。

（仙骨は仙椎が五個、尾骶骨は尾椎が四個あるが、癒合してそれぞれ一個と数えられる）

☆**脊椎**《せきつい》とは背骨を構成している一つ一つの骨（**椎骨**）のこと。

（または、つながっている背骨の全体の骨のことを言う場合もある）

椎……木の槌のこと。髄……骨の中、中心、大切なところを意味する。

脊……背中のこと。背……後ろのこと。

☆**脊柱管**《せきちゅうかん》とは一本の管があるのではない。椎体と椎弓に囲まれたトンネルのような空間を脊柱管という。脊髄はその中を通っている。椎骨が重なってできる空間（椎孔）を指す。空間の中に硬膜に覆われた脊髄が入っている。

孔……あなのこと。

☆**脊髄**《せきずい》とは神経のこと。白くて細長い円柱状の神経索。長さは四十㎝ほど。直径一㎝の楕円形。わずかな脳脊髄液の中に浮いている。

頸髄は八対、胸髄は十二対、腰髄は五対、仙髄は五対の脊髄神経が出ている。

索……ひもという意味。㊂**骨髄**は太い骨の中にある造血組織。

☆神経には中枢神経（脳と脊髄）と末梢神経（脳神経と脊髄神経）がある。

脳とは大脳、小脳、脳幹を指す。

中枢神経は脳からの指令を末梢に伝えたり、末梢からの情報を脳に伝える働きをする。

末梢神経は中枢神経と体各部を結ぶ情報連絡部である。

脳神経は脳に出入りする十二対の神経（顔や頭の働きに関係している）。

脊髄神経は頸髄（八対）、胸髄（十二対）、腰髄（五対）、仙髄（五対）、尾髄（一対）がある。

馬尾神経：腰部（腰椎、仙骨、尾骶骨）の神経のこと。神経が馬の尾のように集まっている。

神経根：脊髄から出ている脊髄神経線維の束（比較的太い）。脊髄神経の根元部分で、椎間孔の外まで伸びて交感神経幹と末梢神経（体の各部）へつながっている。

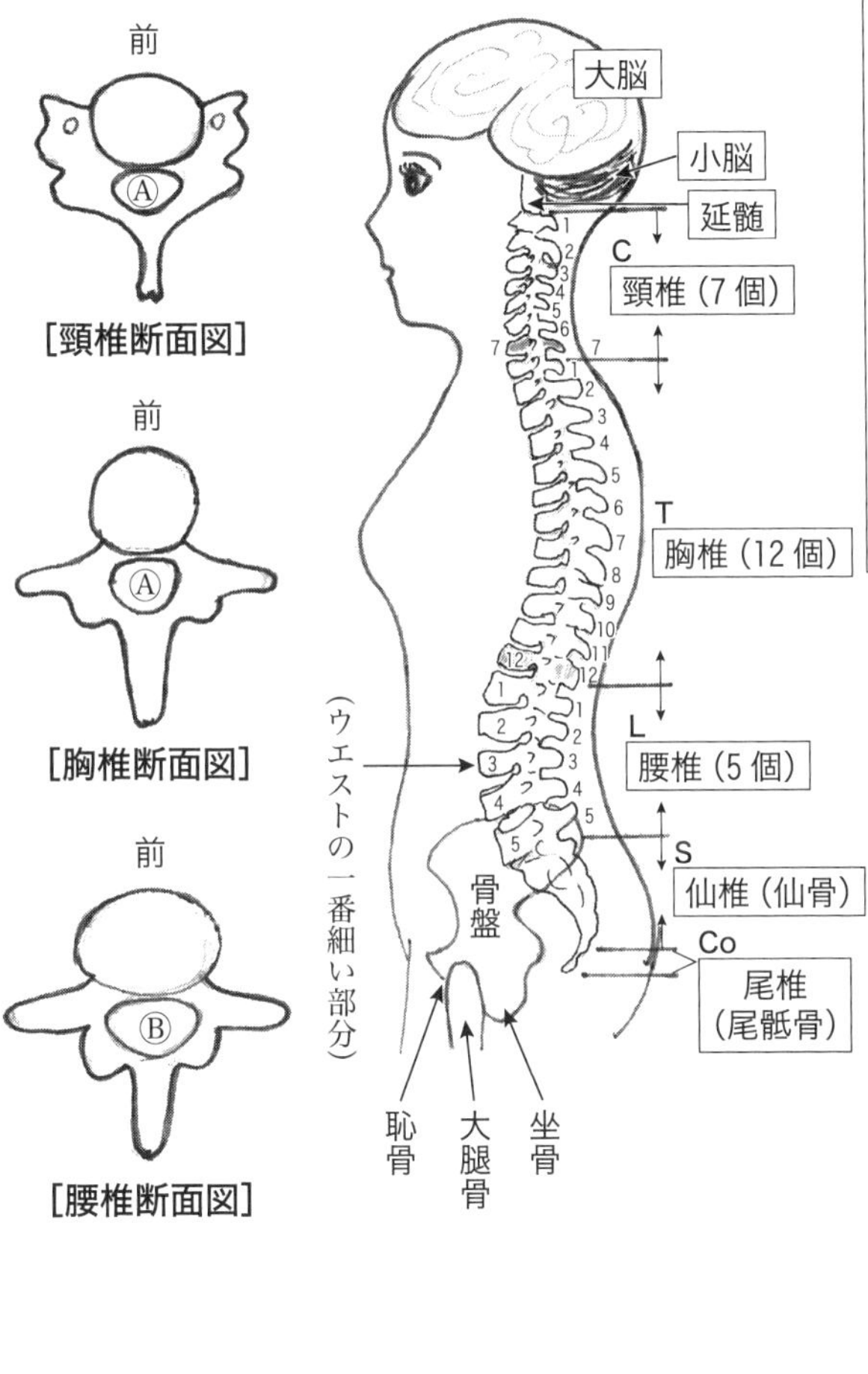

脊椎（脊柱・背骨）の構造と位置関係

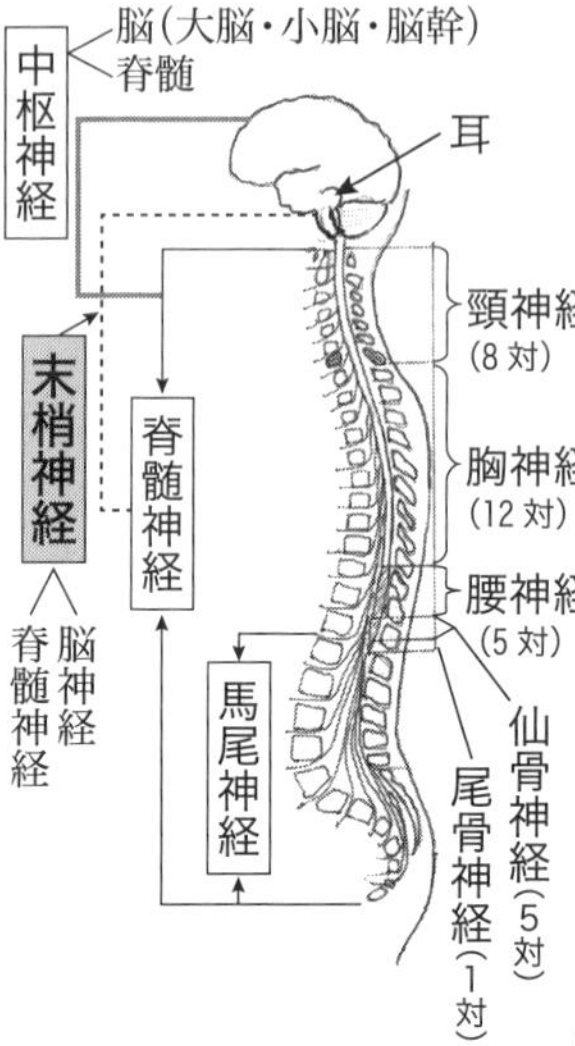
中枢神経
脳（大脳・小脳・脳幹）
脊髄
耳
末梢神経
脳神経
脊髄神経
脊髄神経
頸神経
（8対）
胸神経
（12対）
腰神経
（5対）
馬尾神経
仙骨神経（5対）
尾骨神経（1対）

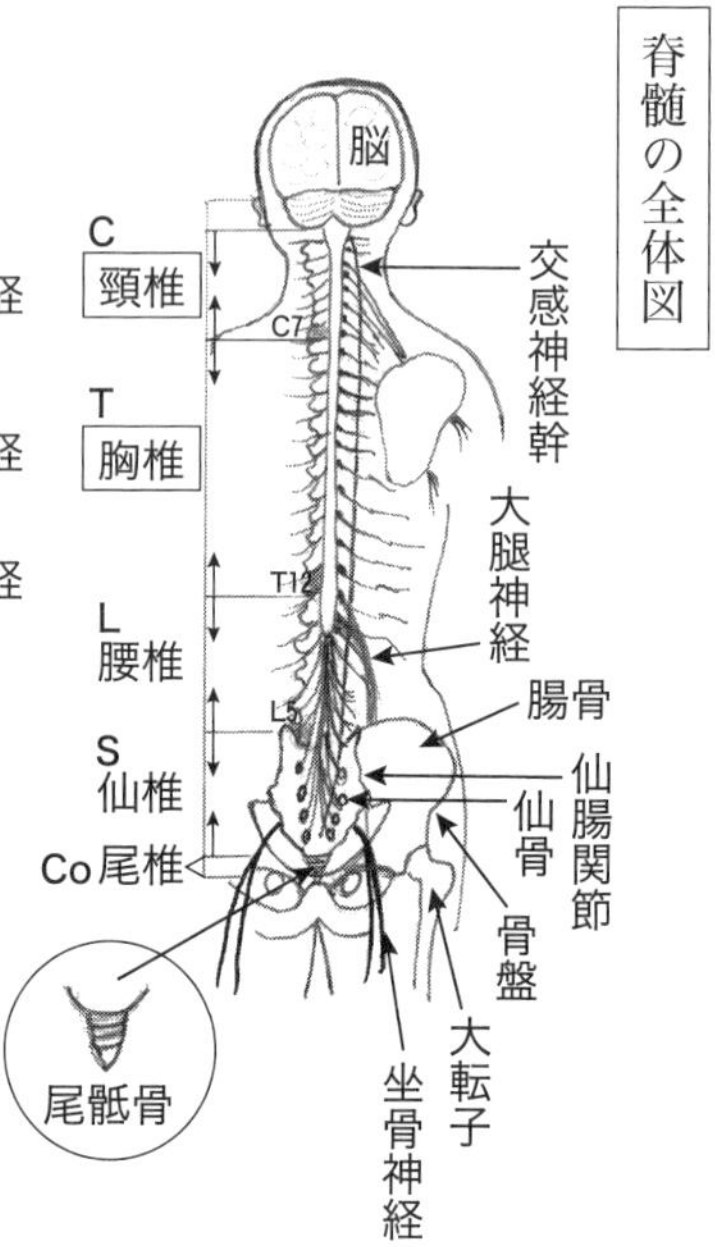
脊髄の全体図
脳
C
頸椎
C7
T
胸椎
T12
L
腰椎
L5
S
仙椎
Co 尾椎
交感神経幹
大腿神経
腸骨
仙腸関節
仙骨
骨盤
大転子
坐骨神経
尾骶骨

脊髄神経の紹介

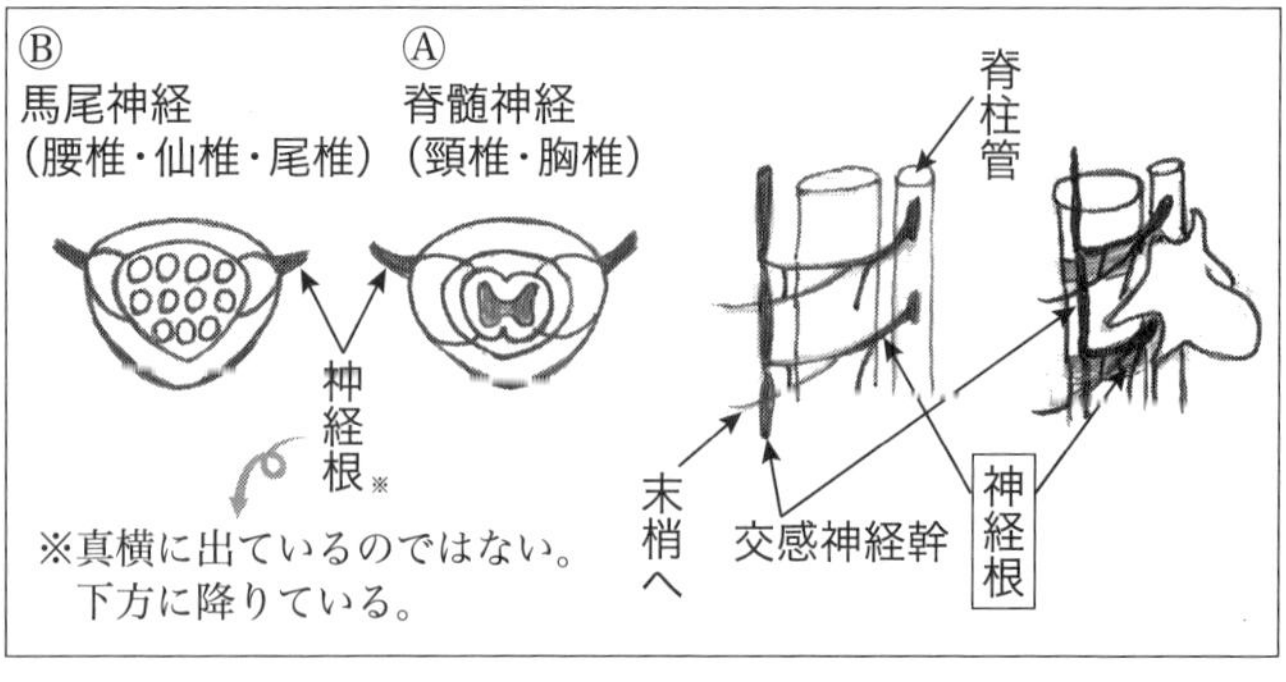
Ⓑ
馬尾神経
（腰椎・仙椎・尾椎）
Ⓐ
脊髄神経
（頸椎・胸椎）
神経根※
※真横に出ているのではない。
下方に降りている。
脊柱管
末梢へ
交感神経幹
神経根

豆知識②

☆**椎骨**は一個の骨だが、**椎体**と**椎弓**や**突起**（横突起、関節突起、棘突起等）、**靭帯**等からできている。頸椎、胸椎、腰椎等の二十六個の椎骨が積み重なって脊椎を構成。形は同じではない。
※突起は突き出たところの意味。
※関節は骨と骨を結合する部分（靭帯でつながっている）。
☆椎骨と椎骨の間には**椎間板**と**椎間関節**（上下の関節突起の接合）がありクッションの役割をする。
☆靭帯の働き・靭帯は骨と骨をつなぐ働き。可動し過ぎることを防ぐ働きもする。
※腱は骨と筋肉をつなぐ働き。
※**骨棘**とは骨の一部が棘《とげ》のように変形して出たもの。骨と骨とのつなぎ目にある軟骨にでき、痛みや麻痺《まひ》を引き起こす（手足だけでなく脊椎、骨盤等どこにでもできる）。
☆背骨を支えるために重要な働きをしているのが靭帯と筋肉。
背骨を支えている**主な靭帯**は**前縦靭帯**、**後縦靭帯**、**黄色靭帯**、他にもたくさんある。靭帯は一〜三㎜と薄い。靭帯が骨化、肥厚化して神経を圧迫すると神経障害が起こる。
☆**椎骨動脈**：頸椎だけにある左右の椎骨動脈は延髄の部分で一つになって脳幹に血液を送る。上は内頸動脈に、下は鎖骨下動脈へ続いている。

頸椎の図

[頸椎断面図]

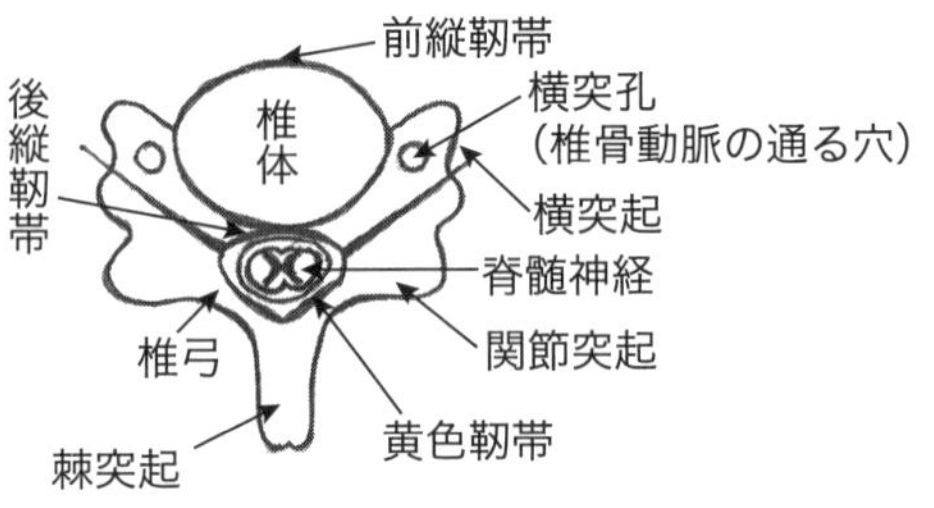

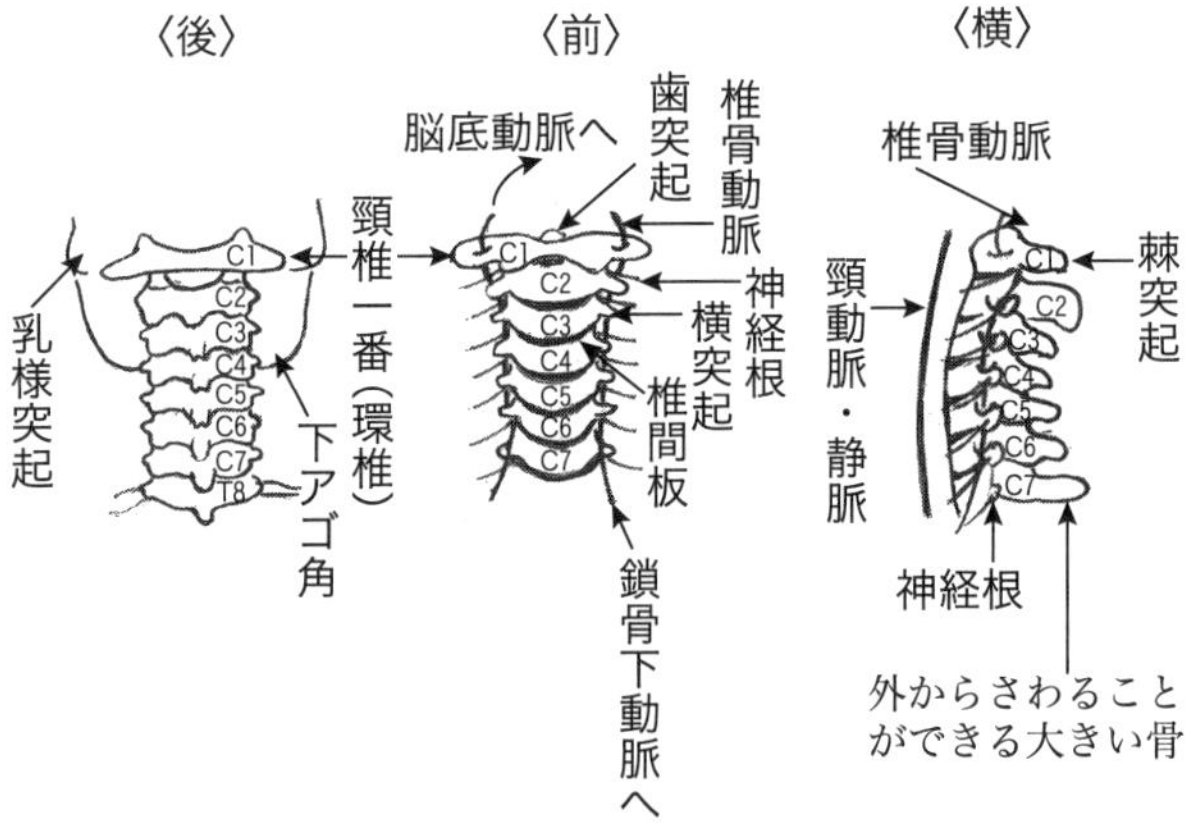

〈ストレートネック〉

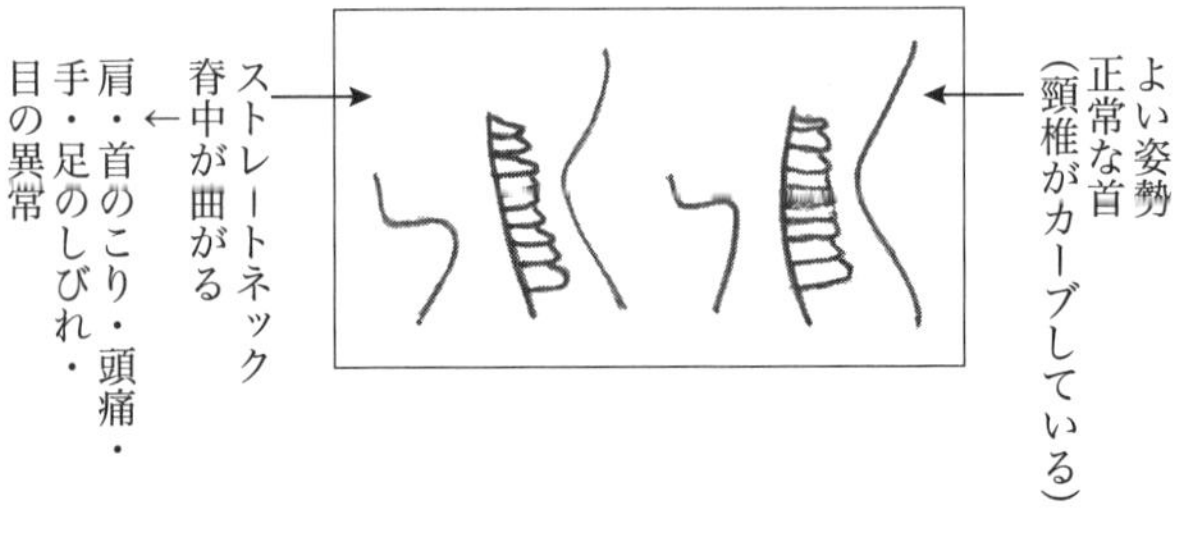

[腰椎断面図]

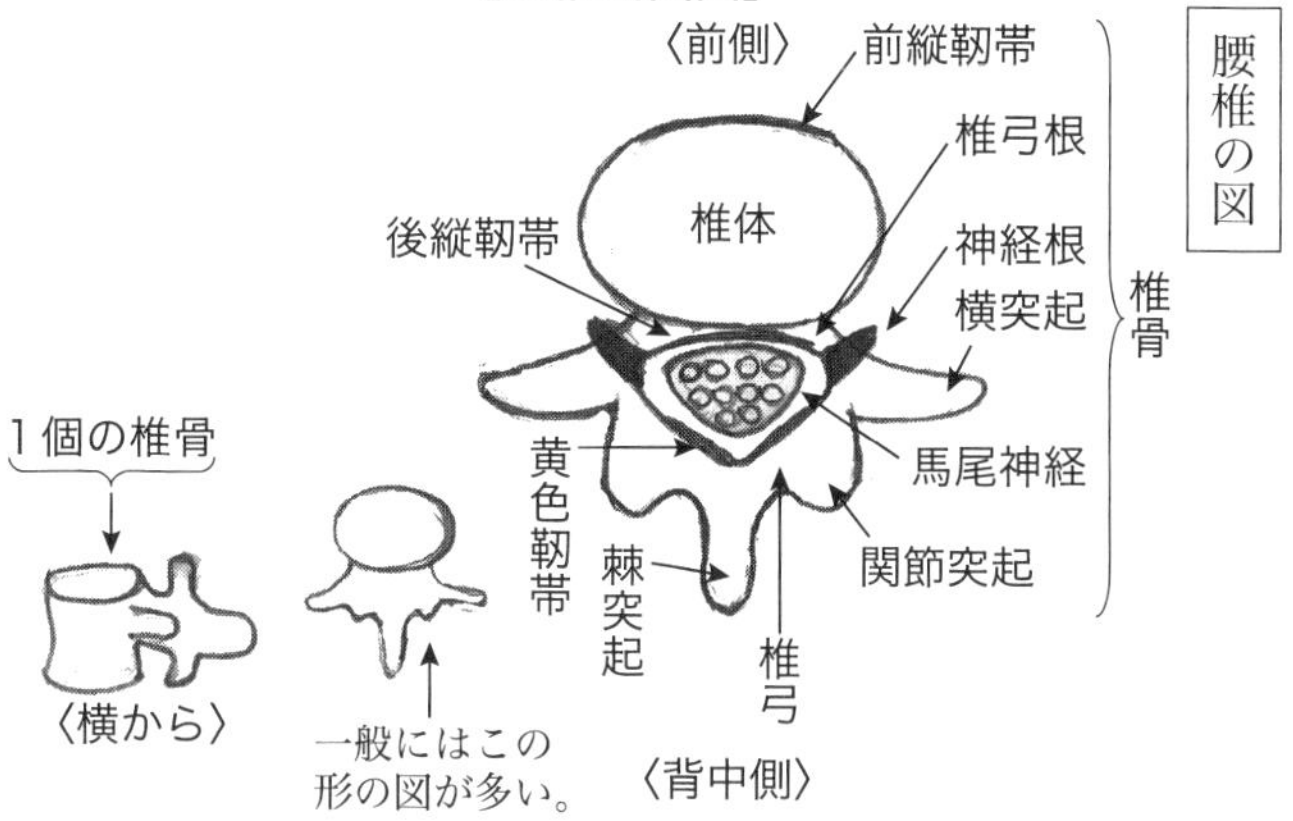
腰椎の図
〈前側〉
前縦靭帯
椎弓根
椎体
後縦靭帯
神経根
横突起
椎骨
1個の椎骨
黄色靭帯
馬尾神経
関節突起
棘突起
〈横から〉
椎弓
一般にはこの形の図が多い。
〈背中側〉

[腰椎側面図]

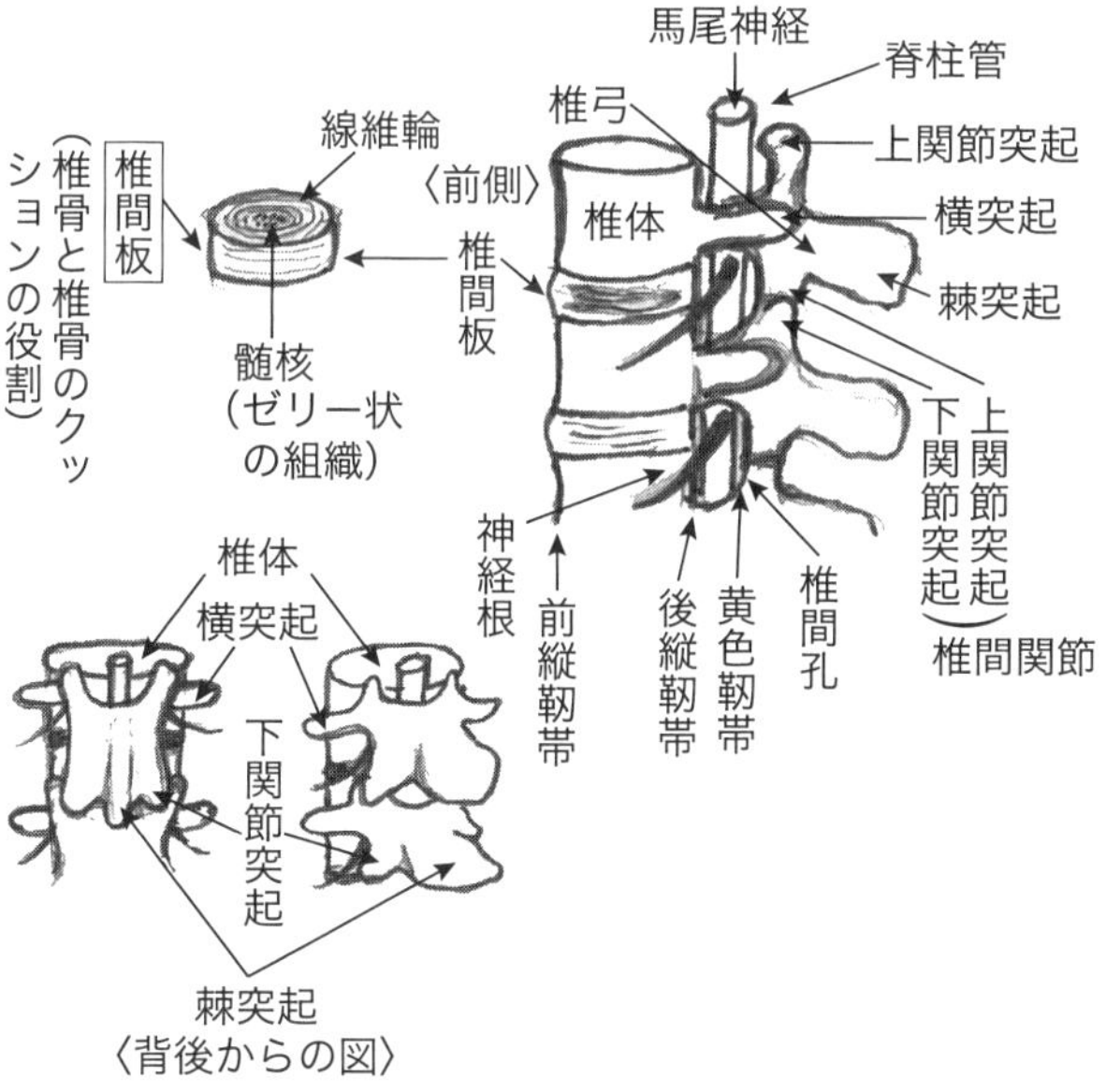
馬尾神経
脊柱管
椎弓
線維輪
上関節突起
〈前側〉
椎体
横突起
椎間板
(椎骨と椎骨のクッションの役割)
椎間板
棘突起
髄核
(ゼリー状の組織)
下関節突起
上関節突起
椎間関節
神経根
前縦靭帯
後縦靭帯
黄色靭帯
椎間孔
椎体
横突起
下関節突起
棘突起
〈背後からの図〉

豆知識③　脊椎の代表的疾患

「脊椎変性疾患」とは頸椎、胸椎、腰椎の椎間板の変性、脊椎骨・関節の変形、靭帯の肥厚などが生じ、脊髄あるいは神経根を圧迫し、症状が出現する脊椎疾患。多くの場合は加齢などによる変化。ヘルニアや狭窄症、すべり症等が代表的疾患。

◎各脊椎疾患の説明は専門家（本やインターネット）によって多少の違いがあり、素人には分かりにくい部分があるので、ここでは素人が理解しやすいことのみを簡単にまとめた。

◎胸椎の疾患は比較的少ないが、最近は増加傾向にあるとも言われる。

・変形性脊椎症（頸椎・胸椎・腰椎症）

脊椎の骨や椎間板が変形するが、誰でも起こる加齢現象。必ずしも痛み等の症状があるわけではない。ひどくなると神経根や脊髄を圧迫してしびれや痛みなどの問題が起こり、脊椎変性疾患となる。若い人の場合は痛み等の症状はあっても変形まで起こすことは少ない。

図のⓐは神経根の圧迫……姿勢や運動や漢方薬等、保存療法で改善することが多い。

図のⓑは脊髄の圧迫……保存療法での改善は難しい。

ⓐとⓑの両方の場合もある。

•椎間板ヘルニア

椎間板の髄核が飛び出して神経を圧迫。飛び出た髄核の水分が減り神経の圧迫が軽減して状態が改善することがある。若い人に多い。保存療法で改善することがあるので手術は勧められないことが多い。しかし二割のヘルニアは体質的なことが原因で起こるため、手術以外は完治できないともいわれる（248ページに説明図）。

骨の変形により神経を圧迫

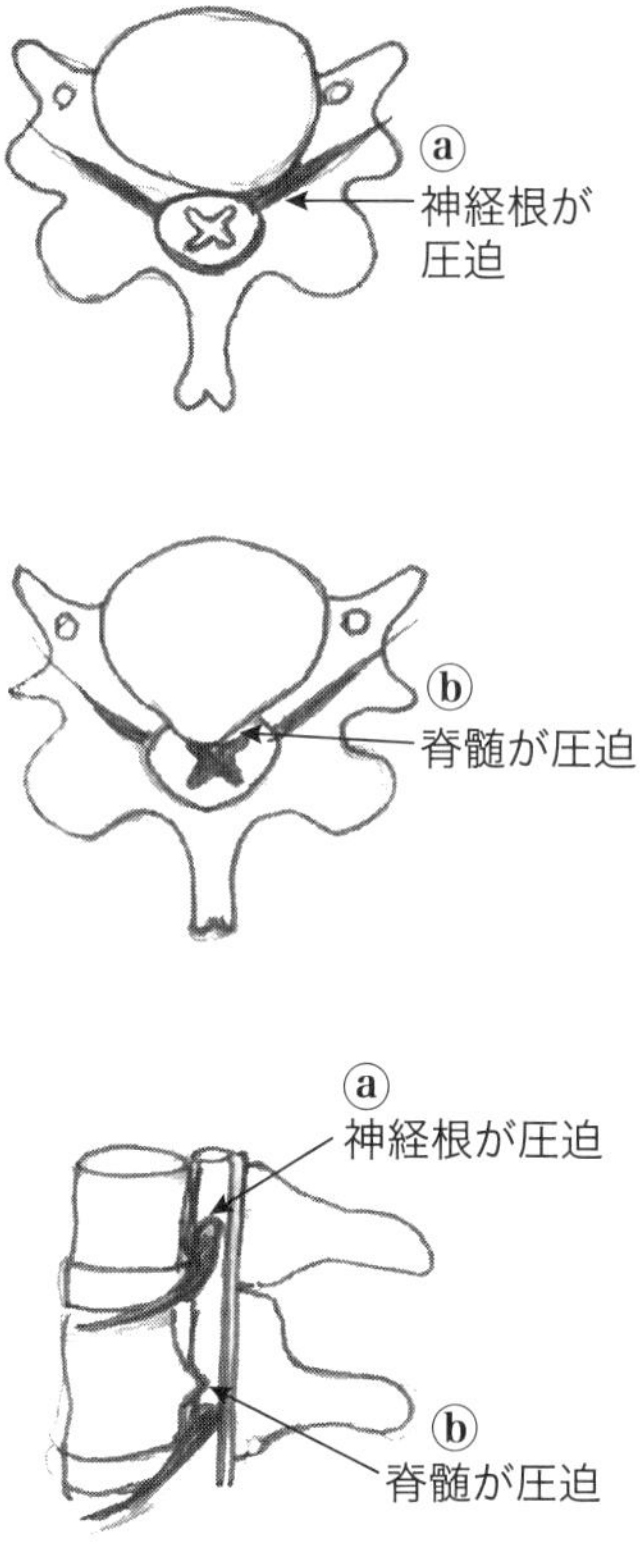

・後縦靭帯骨化症

靭帯が骨化して脊柱管を占拠して、脊髄や神経根を痛める。難病指定の病気。東洋人、特に日本人に多い（248ページに説明図）。

・脊柱管狭窄症

靭帯が肥大化して脊髄神経を圧迫する。高齢者の疾患。

・すべり症・分離症

分離すべり症と変性すべり症がある。

腰椎分離すべり症は、上の椎骨が分離した後に、上の骨が腹側にずれた状態。

腰椎変性すべり症は、椎骨の分離ではなく、椎間板が加齢により変性したことが原因で、骨と骨の並びがずれて起こる。女性に多いが、それは女性の腰の構造の問題かもしれないといわれる（248ページに説明図）。

・成人脊柱変形症（変性後側弯症・脊柱変形）

脊椎の形が種々の原因により三次元的（側弯、後弯等）に歪む状態。進行すると、逆流性食道炎や便秘などの消化器症状が起こり、全身状況にも悪影響を及ぼす。

・脊椎圧迫骨折

脊椎に力がかかって骨折し、つぶれる病気。転倒だけでなく、高齢者には咳やくしゃみ、ちょっとしたことで起こる非常に多い疾患。超高齢者にはセメント治療で簡単に治療できる。保存療法で完治しない場合はボルト固定や人工骨による手術がある。

・坐骨神経痛

坐骨神経痛は病名ではなく坐骨神経が起こす痛みのこと。お尻や太腿、足にかけて鋭い痛みやしびれが起こる。脊椎疾患によって起こるが、歪んだ体の使い方、無理な体の使い方によって腰に過度な負担がかかり坐骨神経痛が起こることもある。

・脊椎疾患の症状

疾病や悪い部位によって多少の違いがあるが、脊椎関係で共通した症状はだいたい下肢のしびれや痛み、歩きにくい、転びやすい、長い距離が歩けない、排泄障害等がある。

それらは骨や靭帯等の変形や肥厚、骨化等で神経を圧迫して神経を痛めている結果のようだ。

また、腰そのものが痛いとは限らない。

頸椎が原因の場合はこれらに加えて、首や肩の痛み。腕や手指のしびれ。手先が使いにくい等もある。吐き気を催すこともある。

特に頸椎に原因がある時には自覚症状として分かりにくい場合がある。手のしびれが起こった時には早めに受診した方がよい。

変性した箇所が一カ所とは限らない。頸椎、胸椎、腰椎に重複して数カ所併発する場合がある。

なお、手のしびれは**手根管症候群**の場合もある。手首の手根管が狭くなる疾患。

私の頸椎・腰椎狭窄症カギ穴手術の説明図

①頸椎狭窄症カギ穴手術

◎頸椎四番から頸椎七番の狭窄している部分を手術。
◎前右側を首の皺に沿って六㎝切開（図A）。
◎椎体に五㎜の穴をあけて第四〜第七までをカギ穴（キーホール）（図B）。
◎頸髄を圧迫している靭帯骨化全摘出と椎体の一部を除去している（図C）。

著者の頸椎の画像模写

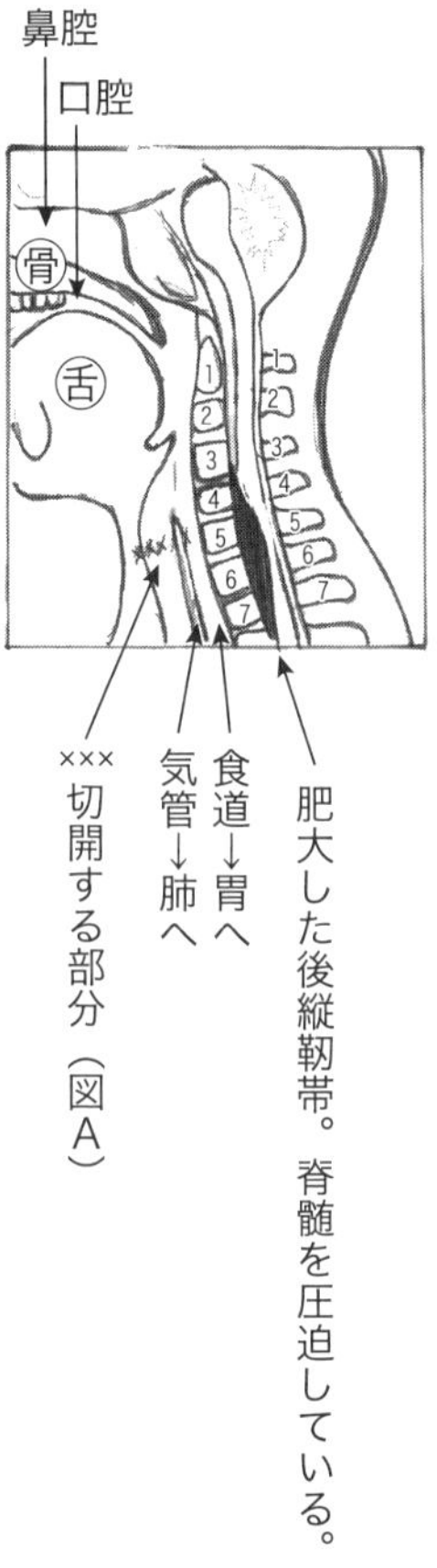

手術前　圧迫された脊髄　頸椎断面図

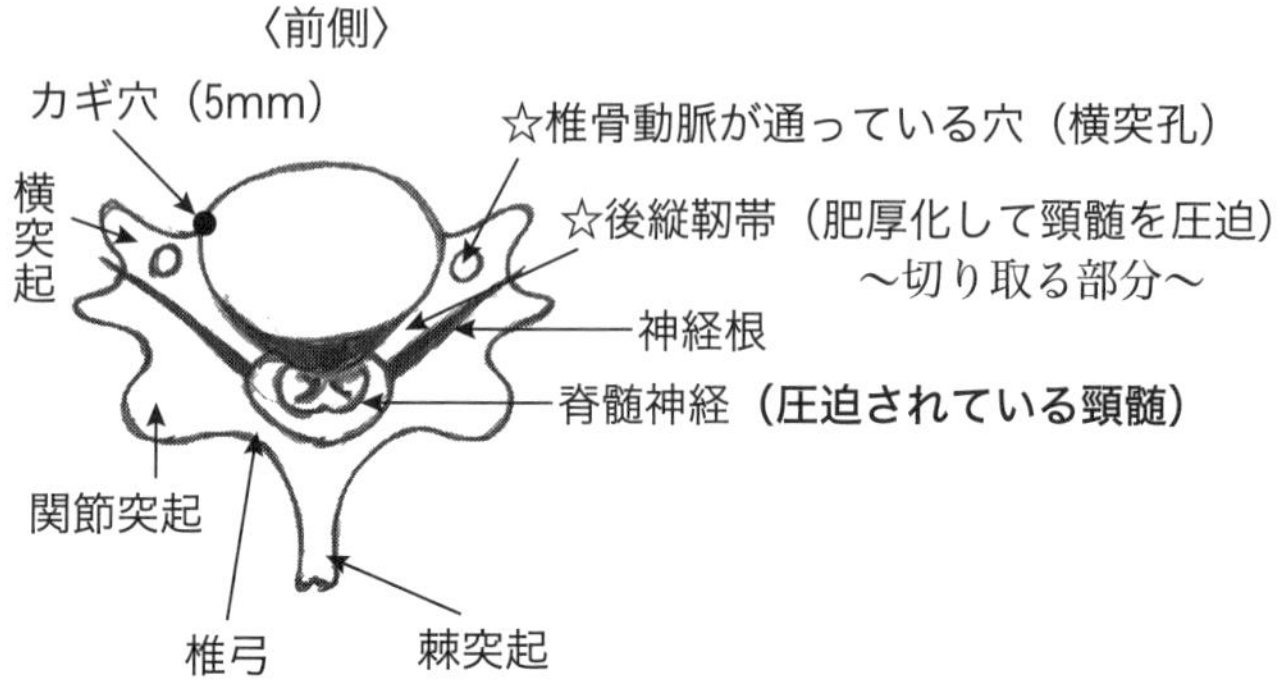

手術後　圧迫された脊髄が
解放された図

頸椎　正面から

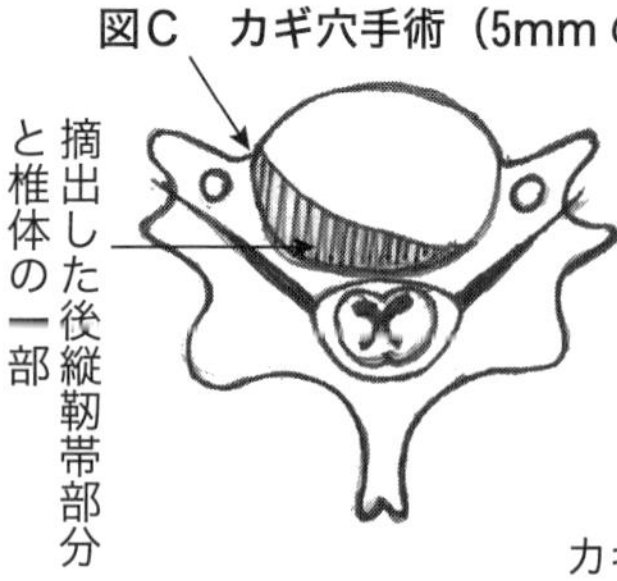

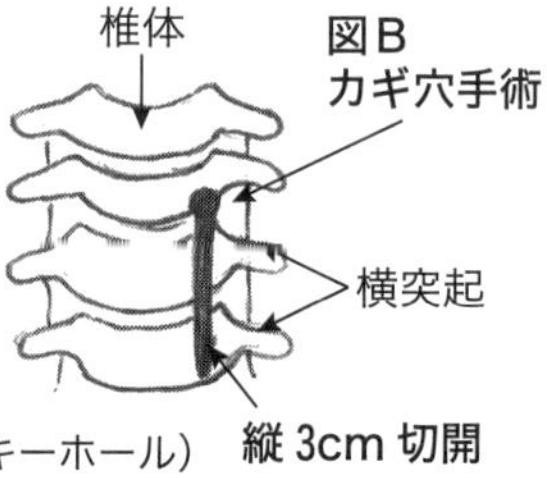

②腰椎狭窄症カギ穴手術説明図　断面図

◎腰椎三番〜四番、四番〜五番の二カ所の狭窄部分を除去手術。

※腰椎三番の辺りを三cm切開。

手術前・圧迫された腰髄神経

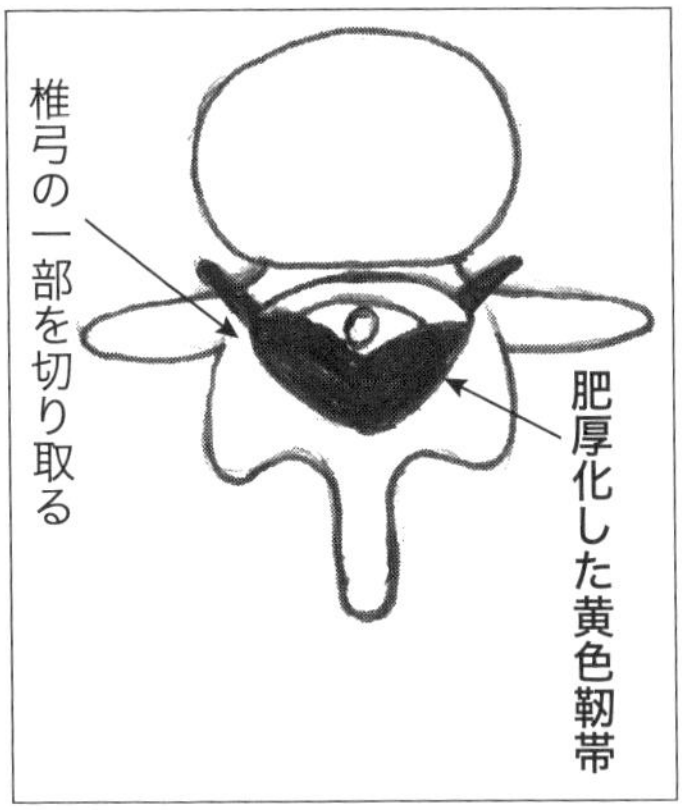

肥厚化した黄色靭帯で圧迫された馬尾神経（腰髄神経）

カギ穴手術後　解放された神経

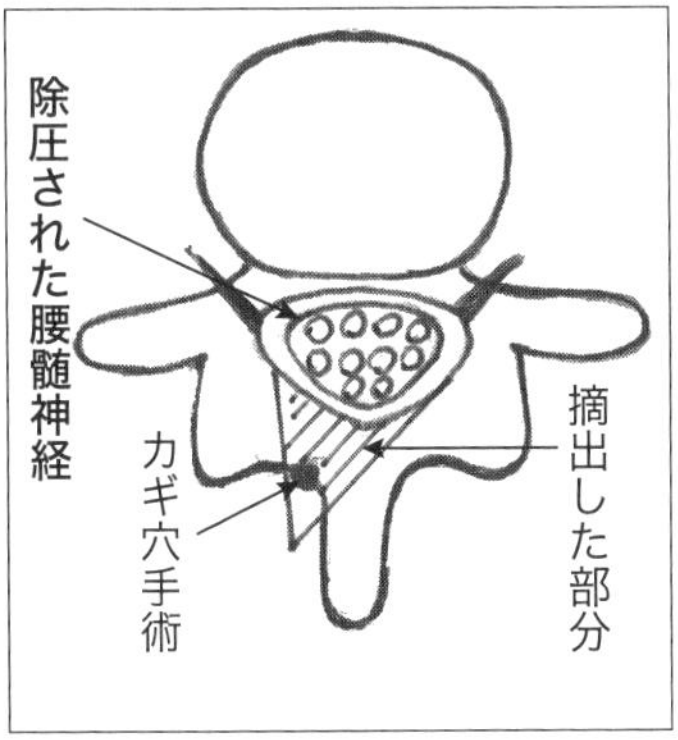

肥厚化した黄色靭帯と椎弓の一部を除去

よくある脊椎の疾患

[ヘルニア]（腰椎に多い）

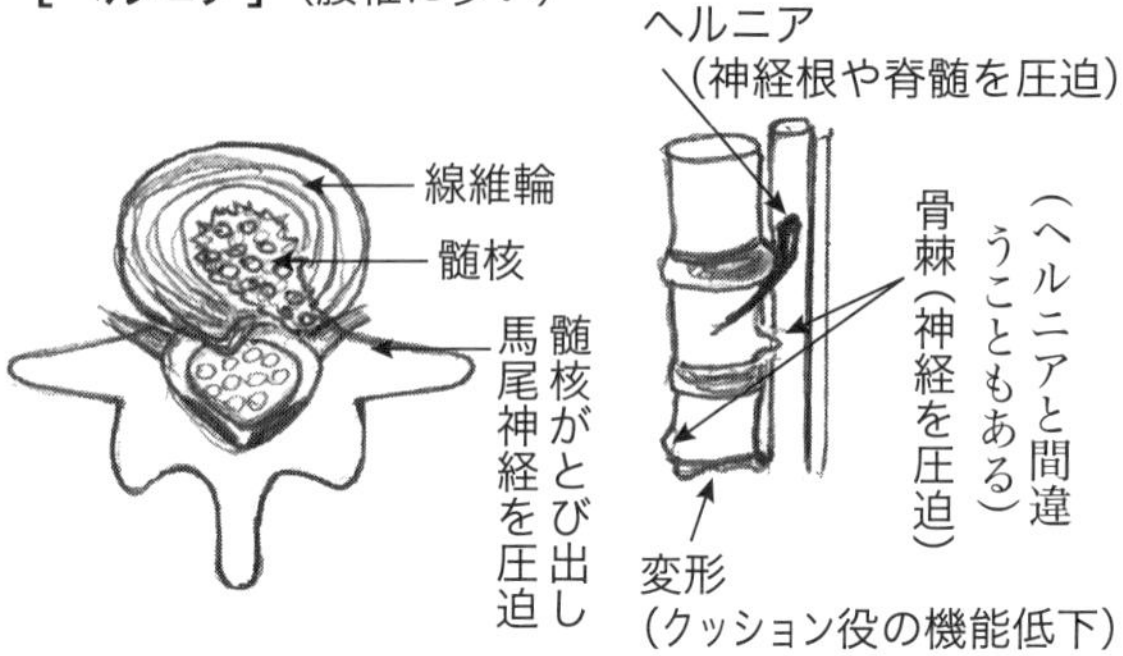

[後縦靭帯骨化症]（頸椎に多い）

[分離症・すべり症]

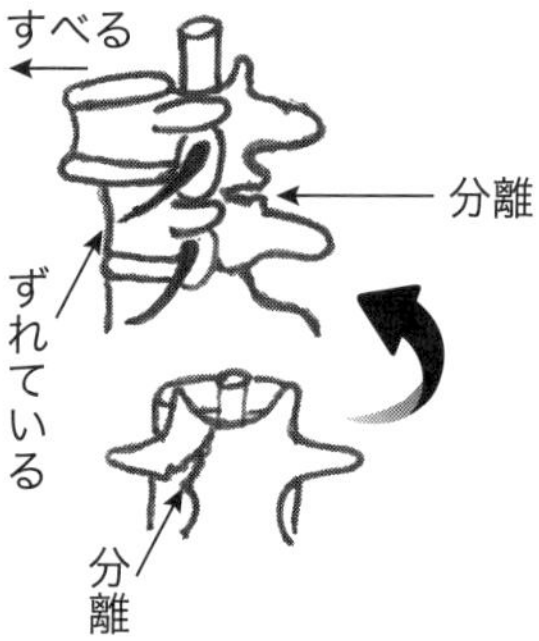

《参考資料》

説明図、脊椎の説明、疾患についての情報は主に次のものを参考にしている。

地域健康セミナーの講義と脳神経外科医の指導
『からだの地図帳』(佐藤達夫監修　講談社)
『腰椎手術はこわくない』(佐藤秀次　秀和システム)
『首・肩・腕の痛みとしびれをとる本』(井須豊彦監修　講談社)
『脊椎手術はもう怖くない！』(川岸利光　みずほ出版新社)
『身体運動の機能解剖』(中村千秋・竹内真希共訳　医道の日本社)
インターネット掲載の情報　その他の本による

おわりに

道を歩いていると「柴田さんよい姿勢で歩けるようになりましたね。よかったですね」と近所の方が声をかけてくれた。

両手を大きく振って颯爽と歩いている自分に「杖なしで歩けるようになるなんて、嘘みたい！」と喜びで胸がいっぱいになってきた。

「柱が壊れているから壁を強くするしかない」と言われ、ノルディックウォークの杖を使って、一年余り毎日毎日歩いた私。時々立ち止まって腰を伸ばして、腰をさすりながら痛みを散らして歩いた日々が嘘みたい。

買い物に行くとまずはカートを探す。カートは杖代わりになっていた。今はカートの近くに車を停めなくてもよい、買い物袋を持って軽々と歩ける。

杖を使わなければ歩きにくい、杖を使えば恰好悪い、人に会うのが苦痛になっていた。

「どうしたの？」という言葉も「調子はいかがですか」という言葉も苦痛だった。人に見られるのがいやで、なるべく出たくないと思うようになっていった。

今はそんなことを気にしないで人前に出られる、なんと有難いことだろう。

手術前までずーっと走り続けてきた私は、私のすべきことは全部してきた、これでもう安心して手術に臨める、何かあっても誰も困ることはないと思った。

一応遺言をパソコンに書き込んだ私は肩の荷がすとんと落ちた気がした。

「もう私の役割は終わったかな」と思えた。

しかし人生は終わっていない。

手術も成功し、よくなった私はこれからどう生きていこうかなと考えた。

朝夕、庭に出ては花を育てて、パンを焼き、本を読み、楽器を奏でる生活も悪くない、このまま静かに暮らしたいとも思う日々が手術後しばらく続いた。

しかし、だんだんと元気になり、元の生活を取り戻した私はまた忙しさに追われるようになった。

まだまだ私のすべきことがあるようだ。今回の長い休憩はこれからしっかり働くために頂いた神様の贈り物だったかもしれないとも思ったりした。

「まだまだあなたの使命があります。頑張って働きなさい」ということかもしれない。

残された人生は今まで走った四分の一ほどしかない短い時間、その貴重な時間を自分の楽しみだけには生きたくない。その大切な残りの人生を少しでも世の中のためにフルに役に立てたいと思った。

私に課せられたなすべき事の一つは、私の体験を人の役に立たせること。

この脊椎手術体験記はその手始めの仕事。幸せのお福分けとして、痛みに苦しむ人、手術を迷う人、特に手術後の生活に不安な人、そんな人に少しでも役に立てればと願いながら書いた。

手術をして二年、喜びと葛藤の日々は過ぎてみればあっという間だった。

正直にいうと手足の違和感はまだ取れていない。そのことでたまにはイラつくこともある。そして私の脊椎関係はこれから先、まだ何があるか分からない。

しかし、私の手術は成功し、見違えるほど軽やかに、楽に暮らせていることは確か、人生を謳歌していることも確か。

それが有難くて、それだけでもこの手術と回復過程の体験をお知らせしていいかなと思う。

《お礼の言葉》

この本の作成に岡山済生会総合病院の脳神経外科の医師、整体師の方を始め、たくさんの方々からご指導やご協力をいただきました。この本の完成にあたり、応援して下さった多くの方に心からの感謝を申し上げます。

また、専門の見地からの説明の提供を快く承諾して下さった金沢脳神経外科の佐藤秀次先生には再度心よりお礼の言葉を申し上げます。

佐藤先生の説明を掲載させていただいたお陰様で、自信をもってこの本を世に出すことができました。本当に心から感謝しております。

なお、挿絵は内容には関係ないのですが、読み手の方が楽しくリラックスしながら読んでいただけるように載せました。知人のイラストレーターあべまりあさんに協力頂いた絵ですが、癒やしとしてお楽しみいただければと願います。

また私の原稿をこのような立派な本に仕上げて頂いた東京図書出版の方々に深くお

礼申し上げます。私の細かい要望に対して、丁寧に対応頂き、編集して頂いたことを心から有難く思います。お世話になりました。

私を導き、支えてくださった多くの方々に心から深く感謝申し上げます。

皆さん本当に有難うございました。

平成二十九年九月

柴田美智子

柴田　美智子（しばた　みちこ）

昭和22年生まれ。岡山県津山市在住。心と体の相談室・子育て広場・素敵な自分育ての「虹色キャンバス」主宰。メンタルコーディネーター（心と体を元気にするアドバイザー）。
公益財団法人モラロジー研究所社会教育講師

［著書］
子育て広場 — シリーズ1、2
『はじめまして赤ちゃん（胎教、出産、乳幼児育児）』
『いのちを育む（母乳　排泄　離乳食　乳幼児育児）』
虹色キャンバス　発行

［ブログ］
http://nizicanvas.exblog.jp/「虹色キャンバス」
http://nizican3.exblog.jp/
「まんりょう　津山モラロジー女性クラブ」

脳神経外科の脊椎手術
首と腰の狭窄症手術体験記

2017年12月13日　初版第1刷発行

著　者　柴田美智子
発行者　中田典昭
発行所　東京図書出版
発売元　株式会社 リフレ出版
〒113-0021　東京都文京区本駒込 3-10-4
電話（03）3823-9171　FAX 0120-41-8080
印　刷　株式会社 ブレイン

© Michiko Shibata
ISBN978-4-86641-082-1 C0095
Printed in Japan 2017
落丁・乱丁はお取替えいたします。

ご意見、ご感想をお寄せ下さい。
［宛先］〒113-0021　東京都文京区本駒込 3-10-4
東京図書出版